MW01591771

PANIQUE SUR LE TÉLÉSIÈGE

PANIQUE SUR LE TÉLÉSIÈGE

THOMAS BREZINA

RAGEOT • ÉDITEUR

Cet ouvrage a paru sous le titre :
ES KAM AUS DEM EIS
Traduction : M. J. Lamorlette
Illustrations intérieures : Marc Fleuret

ISBN 2-7002-2927-4
ISSN 1766-3016

La créature du brouillard

Depuis près d'une heure, la créature se tenait tapie derrière un grand sapin noir. Le souffle rauque et haletant, elle gardait ses prunelles d'un jaune verdâtre rivées sur la piste de ski.

La neige tombait à gros flocons, étouffant tous les bruits. De longues bandes de brouillard s'échappaient de la forêt, nappant d'arabesques menaçantes l'étroit couloir qui descendait vers la vallée. Des skieurs glissaient sur la pente dans un silence que l'épaisse couverture ouatée rendait presque surnaturel.

Soudain, une silhouette en combinaison orange vif striée de bandes bleues troua ce silence d'un long cri joyeux :

– Iabadabadooou !

Elle franchit allégrement une bosse et fit un vol plané de plusieurs mètres avant d'atterrir avec aisance.

Une adolescente suivait, tresses au vent, dévalant la piste avec maîtrise et élégance.

Un peu plus haut, un jeune garçon s'était arrêté pour essuyer ses lunettes. Avec un soupir, il reprit sa descente en décrivant de larges courbes prudentes.

Puis une fillette d'une dizaine d'années émergea d'un chemin forestier. Elle s'immobilisa et fixa le brouillard d'un air inquiet. Elle aurait tout donné pour pouvoir déchausser ses skis et rentrer à pied.

La créature tapie derrière l'arbre commença à s'agiter. De ses griffes, elle lacéra l'écorce rugueuse du sapin. Elle adorait les proies sans défense. Cette petite fille en combinaison rouge, à la traîne de ses camarades, ferait l'affaire.

Plus bas, les deux adolescents qui avaient pris les devants s'étaient lancés dans un joyeux concours de vocalises à la tyrolienne, le yodel, auquel ils s'exerçaient depuis leur arrivée dans la station autrichienne où ils passaient leurs vacances d'hiver.

– Pas mal, Axel ! approuva Lise lorsqu'ils s'arrêtèrent pour faire une pause. Tu as du talent !

Mathieu les rejoignit enfin – en chasse-neige – et se laissa tomber dans la poudreuse.

– On arrive bientôt ? demanda-t-il, à bout de souffle.

– Mais oui ! On a déjà fait plus de la moitié de la descente, répondit Lise.

– J'ai les jambes en compote et au moins une vingtaine d'ampoules, à cause de ces maudites chaussures. Je suis transi jusqu'aux os, et vous avez vu ? Nous sommes les derniers sur la piste ! Les gens sensés, eux, sont rentrés depuis longtemps à l'hôtel pour prendre une douche brûlante !

– On y serait aussi, si tu ne lambinais pas autant, marmonna Axel que les discours interminables de Mathieu agaçaient.

Lise mit ses mains en porte-voix et cria :

– Pauline, où es-tu ? Tu joues à cache-cache ou quoi ? Dépêche-toi, c'est une piste pour débutants.

La benjamine des K hésitait à se lancer, car le brouillard épaississait de minute en minute.

Derrière le tronc d'arbre, la créature noire s'aplatit, prête à bondir. La bave coulait de sa gueule.

Pauline avança prudemment, un ski après l'autre, et commença à glisser lentement sur la pente.

L'ombre noire tapie à la lisière de la forêt banda tous ses muscles.

Soudain, tel un éclair vert, un skieur aux larges épaules déboucha à toute allure du sentier. Il ne vit Pauline qu'au dernier moment et, en essayant de l'éviter, il perdit l'équilibre et tomba, soulevant dans sa chute un nuage de poudreuse dont ne tardèrent pas à jaillir skis, bâtons, lunettes et bonnet. Un gros sapin arrêta sa glissade un peu plus bas.

Effrayée, la créature prit la fuite et disparut entre les arbres.

Le skieur se releva tant bien que mal en grognant, puis chercha ses affaires éparpillées dans la neige.

– A-t-on idée de rester plantée en plein passage ? Tu aurais pu choisir un autre endroit pour t'arrêter ! fulmina-t-il en secouant la tête et en soufflant pour chasser la neige qui lui bouchait les narines.

Pauline s'excusa avant de repartir, sans hésiter cette fois. Elle n'avait qu'une envie : retrouver ses amis le plus vite possible.

– Enfin ! soupira Axel lorsqu'il la vit émerger du brouillard. Allez, on y va ! La nuit ne va pas tarder à tomber.

– Eh, attendez-moi ! cria Pauline. Je… je ne peux pas descendre si vite, moi !

Les autres étaient déjà loin. Affolée, elle tenta de les rattraper, mais ses skis se croisèrent et elle tomba sur une plaque de glace. Elle se mit à glisser à toute allure sur le dos.

Elle tenta de se freiner avec les bras, sans succès : elle glissait toujours, aveuglée par les flocons qui lui collaient au visage et glacée par la neige qui s'infiltrait sous son anorak. Elle ne savait plus où elle était, ne distinguait plus le haut du bas…

Enfin, une bosse arrêta sa course folle. Prudemment, elle remua les bras et les jambes. Ouf ! Elle n'avait rien de cassé.

Elle se redressa, essuya la neige qui lui recouvrait le visage.

– Lise ! Axel ! Mathieu ! Attendez-moi, je suis tombée ! hurla-t-elle.

– Tu veux que je remonte pour t'aider ? demanda Lise, dont la voix lui parvint assourdie.

– Oui, s'il te plaît ! implora Pauline.

Peu après, la neige crissa non loin d'elle. Quelqu'un approchait.

– Lise ? appela-t-elle d'une voix tremblante.

– Oui, j'arrive ! répondit l'adolescente essoufflée.

La neige crissait de nouveau de façon inquiétante sur sa droite alors que Lise venait d'en bas…

Pauline roula sur elle-même, mais ne distingua rien. L'inquiétude la gagnait. Elle tenta de s'enfuir mais ses lourdes chaussures s'enfoncèrent si profondément qu'elle retomba à plat ventre dans la neige. Elle eut beau tirer sur sa jambe gauche, elle ne parvenait pas à la soulever.

– Au secours ! cria-t-elle à tue-tête.

Derrière elle, une ombre noire se profilait dans la tourmente, accompagnée d'un souffle rauque, haletant. Puis une masse s'abattit sur elle, enfouissant son visage dans la neige.

Pauline agita désespérément les bras, voulut crier, mais la neige l'étouffait.

Soudain, son écharpe lui fut arrachée. Elle sentit l'air glacé sur sa nuque, puis quelque chose la griffa, entamant profondément sa chair.

Folle de terreur, elle parvint à se dégager. Elle pleurait à chaudes larmes et tremblait de tous ses membres. Elle regarda autour d'elle mais ne vit rien.

« Que m'arrive-t-il ? », se demanda-t-elle, pétrifiée d'angoisse.

Elle passa la main sur son cou : son gant jaune était taché de sang...

Soudain, la neige crissa de nouveau. On revenait !

Pauline contre-attaque

Pauline se jeta sur la créature et la renversa sur le sol glacé.

Son adversaire se débattit en criant avant de parvenir à se dégager.

– Arrête, Pauline ! Qu'est-ce qui te prend ?

– Lise !

Furibonde, l'aînée des K se releva.

– Tu es devenue folle, ou quoi ?

– Excuse-moi, gémit Pauline. J'ai cru qu'on m'attaquait à nouveau ! Si j'avais su que c'était toi...

– Attaquée ? Tu as été attaquée ? C'est absurde, par qui ?

– Par une créature féroce qui m'a sauté dessus et m'a griffé le cou. Regarde !

Lise haussa les épaules.

– N'importe quoi ! Tu as dû glisser sur une plaque de glace qui t'a un peu éraflé la peau, c'est tout.

Pauline s'empourpra.

– C'était une bête, j'en suis sûre ! Elle m'a attaquée !

Sa camarade regarda autour d'elle, cherchant un indice quelconque. Mais il n'y avait aucune trace dans la neige.

– Viens, déclara-t-elle sans insister. Allons récupérer tes skis avant qu'ils ne soient recouverts de poudreuse.

Pauline la fusilla du regard. Manifestement, Lise ne la croyait pas. C'était toujours pareil, on ne la prenait jamais au sérieux, elle commençait à en avoir assez.

Dès qu'elles eurent retrouvé ses skis, Pauline les rechaussa. Puis, elles descendirent rejoindre Axel et Mathieu qui les attendaient impatiemment.

Les K, épuisés, regagnèrent le minuscule village où ils passaient leurs vacances. Haut perché dans les Alpes autrichiennes, Rödelstein était accessible par une route si escarpée qu'en plein hiver seuls des véhicules tout terrain pouvaient l'emprunter. Durant la saison hivernale, ce hameau minuscule devenait une station de grand standing où se réfugiaient des milliardaires, des célébrités et des familles princières en quête de discrétion et de tranquillité.

Lise, dont le père venait chaque année exercer ses talents de moniteur de ski, avait surnommé la bourgade « Trifouillis-les-Snobs ». Amoureuse de la montagne et de la nature, l'aînée des K détestait souverainement le luxueux établissement pompeusement baptisé *Palace des Neiges*.

Ses parents louaient un ravissant chalet en bois aux balcons décorés qui se dressait un peu au-dessus du village.

– J'ai les jambes aussi lourdes que du plomb, gémit Mathieu en gravissant l'étroit sentier qui y menait.

– Tu devrais faire un peu plus de sport pendant l'année, observa Axel. Moi, je suis en pleine forme. Je pourrais encore skier pendant des heures !

– Oh, ça va, monsieur le champion toutes catégories ! railla Mathieu. Je me prosterne humblement à tes pieds de colosse…

Axel, qui détestait la moindre allusion à sa petite taille, prit la mouche.

— Ne te gêne pas, mon cher !

Et il le poussa avec force. Mathieu s'affala à la renverse sur un tas de neige.

— Attends un peu, tu vas me payer ça, grommela-t-il.

Deux secondes plus tard, une bataille de boules de neige faisait rage.

— Je ne me sens pas bien, marmonna Pauline. Je rentre à la maison.

— Qu'est-ce qui t'arrive ? demanda Axel.

— Elle est persuadée qu'une bête féroce l'a attaquée sur la piste, tout à l'heure, expliqua Lise.

Perplexes, ils suivirent des yeux la benjamine du groupe qui s'éloignait la tête basse.

— Une bête ? répéta Mathieu. Quel animal surgirait soudain sur une piste de ski pour attaquer les gens ?

Une douce chaleur régnait dans la salle de séjour du chalet. Le feu qui crépitait dans la cheminée dessinait des taches de lumière sur les boiseries couleur miel. M. Schroll, installé à la grande table en pin, buvait du thé en compagnie d'un autre homme.

Encore en tenue de ski, les K pénétrèrent d'un pas lourd dans la pièce.

– Bonjour les enfants ! Je vous présente Thomas, un de mes collègues.

Le père de Lise se tourna vers son invité :

– Voici ma fille, Lise, et ses trois amis. Ils sont inséparables. Ils se sont baptisé « les K», et pour être des cas ce sont de vrais cas, je t'en donne ma parole !

L'homme fronça les sourcils. Il semblait avoir à peu près le même âge que M. Schroll. Ses cheveux blonds parsemés d'épis encadraient son visage très maigre, à la peau tannée par le grand air.

– Les K ? répéta-t-il. J'ai l'impression d'avoir déjà entendu ce nom...

– Nous sommes détectives et nous avons résolu quelques « cas » épineux dont la presse a parlé, expliqua Lise avec fierté. Nos vacances sont toujours assez mouvementées.

De nouveau, Pauline porta la main à sa nuque qui lui parut chaude et enflée.

Lise se pencha vers elle pour examiner l'égratignure.

– Rien de grave, assura-t-elle. Demain, il n'y aura plus rien.

Comme M. Schroll s'inquiétait de son air fatigué, Pauline lui raconta en détail ce qui lui était arrivé. Il secoua la tête d'un air incrédule.

– Moi aussi, j'ai du mal à croire qu'il s'agisse d'un animal.

– C'était peut-être un renard enragé ! plaisanta Mathieu.

À ces mots, le visage de M. Schroll s'assombrit.

– Si c'était le cas, il n'y aurait pas de quoi plaisanter. La rage est une maladie redoutable.

Pauline déglutit avec peine.

– Non, ce n'était pas un renard, affirmat-elle, très pâle. C'était beaucoup plus gros.

– Qu'en penses-tu, Thomas ? demanda M. Schroll à son collègue.

Plongé dans ses pensées, le moniteur sursauta et sourit d'un air gêné.

– Eh bien… franchement, je ne sais pas. Non, vraiment pas… bafouilla-t-il. Je ne vois pas du tout… ce que cela peut être.

Pauline l'observa, intriguée. Pourquoi semblait-il subitement embarrassé ? Le moniteur intercepta son regard et sa gêne parut s'accentuer. Il se leva et prit congé rapidement.

À cet instant, deux silhouettes grises progressaient péniblement dans la forêt enneigée, balayant le sol de torches puissantes.

— Il ne survivra pas à une nouvelle nuit dehors, déclara l'un des hommes, la voix étouffée par l'écharpe qui lui recouvrait le bas du visage.

— Tu crois ? Mais comment a-t-il pu s'échapper ?

— Je l'ignore. Ce qui est sûr, c'est qu'il faut le retrouver, et vite !

Le Palace des Neiges

Ce soir-là, Mme Schroll avait préparé une raclette accompagnée de diverses charcuteries et de jambon de pays que les K dégustèrent avec appétit.

Après le repas, Axel exhiba fièrement son ordinateur portable, cadeau de Noël de son père. Et comme il avait aussi apporté deux jeux, Lise et Mathieu voulurent tout de suite les essayer.

– Je vous fais une démonstration et je vous le laisse, proposa Axel.

– S'il continue à neiger autant, nous serons bientôt bloqués, déclara M. Schroll en jetant un coup d'œil par la fenêtre, et vous aurez du temps pour jouer !

– Bloqués ? Pourquoi ? lança Pauline d'un ton inquiet.

– Quand il neige en abondance, les chasse-neige ne parviennent pas à déblayer la route assez vite pour qu'on puisse la maintenir ouverte. Le village est alors coupé du reste du monde, d'autant que les portables ne fonctionnent pas dans cette zone.

Mathieu demanda avec intérêt :

– Comment font les clients du *Palace des Neiges* pour rentrer chez eux, dans ces cas-là ?

M. Schroll se mit à rire.

– Pour beaucoup, c'est l'occasion rêvée de prolonger leur séjour.

Concentré sur son écran, Axel tentait frénétiquement d'empêcher les envahisseurs de débarquer sur la Terre.

– Je trouve ça super ! s'exclama-t-il.

– Le jeu ? fit Lise.

– Non, d'être bloqués par la neige ! Ça n'arrive que dans les films, d'habitude.

– Vous imaginez qu'on soit obligés de rester ici trois semaines ? renchérit l'aînée des K, enthousiaste. Au diable le collège !

Mathieu fit la moue et remonta ses lunettes sur son nez.

— Tels que je connais nos profs, ils nous enverraient nos devoirs par fax et exigeraient que nous participions aux cours par visioconférence…

— Il est déjà arrivé que les lignes téléphoniques soient coupées, précisa le père de Lise. Le seul contact avec le monde extérieur passait par les émetteurs radio.

— Dans ces conditions, je n'aurais rien contre des vacances prolongées ! déclara Axel.

Peu après, fatigués par leur longue journée de ski, les K se retirèrent dans leur chambre, une pièce mansardée confortable et pleine de charme, équipée de lits superposés.

Pauline resta longtemps éveillée, écoutant la respiration régulière de ses camarades endormis. Elle était hantée par le souvenir de l'animal qui l'avait attaquée.

« Je leur prouverai que je n'ai pas rêvé, se promit-elle. Ce Thomas sait quelque chose, j'en suis sûre. »

Apaisée par cette pensée, elle sombra enfin dans un profond sommeil.

Le lendemain matin, la porte d'entrée était bloquée par un mètre de neige. Il fallut près d'une heure au père de Lise pour déblayer à la pelle le chemin qui descendait jusqu'à la route.

– Aujourd'hui, vous devrez rester à la maison, annonça Mme Schroll lorsque les K descendirent prendre leur petit déjeuner. Les remonte-pentes ne fonctionnent pas.

Mathieu n'en fut pas mécontent : il souffrait de terribles courbatures. Pauline, elle, était couverte de bleus et se sentait fiévreuse.

– Si on ne peut pas skier, j'irais volontiers faire un tour au *Palace*, histoire de voir à quoi il ressemble à l'intérieur, déclara Axel.

La mère de Lise secoua la tête.

– On ne te laissera pas entrer. L'hôtel est sévèrement gardé pour protéger l'intimité et la quiétude des gens qui y séjournent.

Axel sourit jusqu'aux oreilles.

– On parie que j'y arriverai quand même ?

Ses amis le dévisagèrent, les yeux brillants.

– Tu as une idée ? demanda Lise.

– Oui, mais j'aurai besoin de votre aide.

– Où habite Thomas ? s'enquit Pauline qui avait d'autres projets.

– Derrière l'hôtel, dans un des chalets destinés aux employés, répondit Mme Schroll.

La benjamine des K se promit de lui rendre visite. En tête à tête, peut-être lui révélerait-il pourquoi son récit l'avait troublé…

Leur repas terminé, les K se mirent en route. Tout le long de l'allée conduisant au *Palace des Neiges* étaient disséminées d'imposantes statues de glace qui reproduisaient grandeur nature des sculptures célèbres.

Le corps principal de l'hôtel était un long bâtiment bas et blanc, aux volets de bois peints en bleu glacier. À l'entrée se dressait un monumental portail translucide, très ouvragé et étincelant de mille feux.

– On croirait qu'il a été sculpté dans la glace ! s'exclama Lise.

– Il s'agit de résine synthétique, précisa Mathieu d'un ton important.

Lise s'apprêtait à lui rabattre le caquet lorsque son attention fut attirée par les deux portiers corpulents, à la mine peu engageante, qui montaient la garde devant l'entrée. Vêtus d'un long manteau bleu clair orné d'épaulettes et de boutons dorés, coiffés d'une toque de fourrure blanche, ils ressemblaient à des soldats en uniforme.

Les K se dirigèrent vers eux d'un pas ferme. Ils s'apprêtaient à entrer de l'air le plus naturel possible quand l'un d'eux s'écria :

– Halte ! Il me semble que vous ne faites pas partie des clients de l'hôtel.

– Nous sommes les Nains Chantants, déclara Axel avec aplomb. Les jeunes chanteurs tyroliens qui doivent donner un spectacle à l'hôtel cet après-midi. Vous n'êtes pas au courant ?

Le second portier tira une feuille de sa poche et la consulta. Il hocha la tête.

– Il y a effectivement un spectacle prévu à seize heures.

– Nous devons répéter ce matin, renchérit Mathieu qui avait saisi le manège d'Axel. Pouvez-vous nous laisser entrer, je vous prie ?

Les portiers s'écartèrent et les K pénétrèrent dans un luxueux salon de réception à l'atmosphère feutrée. D'épais tapis recouvraient le sol et des fauteuils capitonnés étaient groupés autour de tables basses.

– Regardez, c'est Thomas ! chuchota Pauline.

Aussitôt, elle appela le moniteur qui les rejoignit à contrecœur.

– Bonjour. Qu'est-ce qui vous amène ici ?

– Nous voulions visiter l'hôtel, répondit Axel d'un ton décontracté.

– Bon. Alors amusez-vous bien.

Il tourna les talons mais Pauline lui emboîta le pas.

– Thomas, glissa-t-elle à mi-voix, j'ai l'impression que vous savez quelque chose à propos de l'animal qui m'a attaquée.

Le moniteur lui jeta un regard contrarié.

– Je ne sais strictement rien. Et maintenant laisse-moi tranquille : je dois rejoindre une cliente, je suis en retard.

– Les remonte-pentes ne fonctionnent pas aujourd'hui. Personne ne peut aller skier, insista Pauline.

– Je lui fais visiter la région, siffla Thomas exaspéré avant de s'éloigner. Et, de toute façon, je n'ai aucun compte à te rendre !

Pauline n'hésita pas longtemps. Thomas avait à peine franchi la porte de l'hôtel qu'elle se glissa à sa suite et le suivit jusqu'à un petit lotissement. Sans doute étaient-ce les logements réservés aux employés évoqués par Mme Schroll.

Le moniteur se dirigea vers un chalet dont il ouvrit la porte avec brusquerie avant de la claquer derrière lui. Pauline se risqua à écouter à travers la porte.

La voix de Thomas semblait venir de l'arrière de la maison. La benjamine des K la contourna, courbée en deux, puis jeta prudemment un œil par la fenêtre.

Thomas, penché sur une personne qu'elle ne pouvait apercevoir, se répandait en reproches virulents.

– Il s'est échappé, n'est-ce pas ? Dis-le-moi ! Je n'ai aucune envie d'avoir des ennuis à l'hôtel, tu le sais ! Je ne retrouverai jamais une aussi bonne place, ni un tel salaire !

Malheureusement, Pauline n'entendit pas la réponse. Le moniteur reprit, toujours aussi vindicatif :

— Cette gamine assure qu'elle a été blessée par un mystérieux animal. Tu es sûr que tu n'y es pour rien ? Ces enfants sont d'une curiosité sans borne. Si jamais ils viennent te voir, tu te tais, c'est compris ?

Son interlocuteur dut acquiescer, car le moniteur parut se détendre. Il quitta le chalet aussi bruyamment qu'il y était entré.

Pauline se plaqua contre le mur et retint son souffle, le cœur battant. Quand le moniteur se fut éloigné, elle releva la tête pour jeter un coup d'œil dans la pièce.

Elle sursauta, terrorisée.

Deux énormes yeux vert pâle la fixaient à travers la vitre. Puis la fenêtre s'ouvrit d'un coup sec et une main osseuse se détendit, comme un serpent prêt à mordre. Elle empoigna Pauline par la capuche de son anorak.

— Je te tiens, petite espionne ! siffla une voix suraiguë.

Nouvelle frayeur

Axel, Lise et Mathieu attendaient Pauline dans le hall de l'hôtel.

– Où a-t-elle bien pu passer ? demanda Lise, perplexe. Ça fait au moins cinq minutes qu'on est là.

– Ne bougez pas, petits gredins !

Les K sursautèrent en entendant la voix menaçante d'un des portiers, qui se dirigeait vers eux à toute allure en agitant un index vengeur.

– Attendez un peu ! Vous allez regretter votre supercherie !

– Pitié ! implora Mathieu, le comédien de la troupe, en se jetant à genoux et en levant ses mains jointes vers le portier. Nous sommes simplement venus nous mettre au chaud ! Nous n'avons plus de chauffage à la maison depuis que notre père a été licencié de l'hôtel ! Je vous en supplie, ne nous frappez pas…

L'homme s'immobilisa, aussi embarrassé qu'abasourdi, alors qu'une dame d'un certain âge, aux cheveux teints en rose, le saisissait par le bras et déclarait d'un ton autoritaire :

– Je vous interdis de porter la main sur ces enfants ! Ils sont sous ma protection !

Mathieu, toujours à genoux, lui baisa les doigts.

– Merci, madame ! Merci infiniment !

– Mathieu ! Que signifie cette comédie ?

M. Schroll, qui venait d'entrer dans le hall de l'hôtel, se dirigea d'un pas ferme vers les trois comparses et les considéra avec perplexité.

– Euh… Ah, c'est toi, papa ! bafouilla Lise. Ton entretien avec le directeur s'est bien passé ? Il t'a réengagé ?

– On parle de moi ?

Un homme barbu à l'allure imposante, vêtu d'un pantalon de flanelle grise et d'une veste assortie du dernier chic, s'avança vers le petit groupe.

M. Schroll s'empressa d'intervenir :

– Pouvez-vous nous recevoir un instant dans

votre bureau ? Je pense qu'il s'agit d'un malentendu que nous pourrons dissiper rapidement.

Le directeur de l'hôtel fronça les sourcils. Lise et Axel auraient volontiers disparu sous terre. C'est alors que Mathieu remarqua une jeune fille blonde qui observait la scène, un sourire malicieux au coin des lèvres. Elle s'approcha du directeur et lui chuchota à l'oreille :

– Reçois-les dans ton bureau, daddy. Ce sera mieux, je t'assure.

Mais le portier, interloqué, essaya de retenir son patron.

– Ces enfants ne sont pas les chanteurs que nous attendons, monsieur le directeur ! Ils se sont introduits en fraude dans l'établissement !

La dame aux cheveux roses le prit à partie d'un air indigné.

– N'avez-vous pas compris ce que je vous ai dit ? Veuillez regagner votre poste !

Le portier tourna les talons et, la tête basse, franchit la porte vitrée. Les clients étaient rois, mais il y avait tout de même des limites…

Dans le bureau du directeur, M. Schroll expliqua rapidement qui étaient les trois jeunes fauteurs de troubles.

Mais M. Landau, dépourvu du moindre sens de l'humour, ne se déridait pas. Heureusement, sa fille, debout près de lui, ne cessait d'adresser des sourires encourageants aux K.

– Cet hôtel n'est pas un terrain de jeux. Je ne peux tolérer des incidents de ce genre ! fulmina le directeur. Je vous saurais gré, monsieur Schroll, de faire en sorte que ces enfants ne remettent plus les pieds ici.

Là-dessus, il les congédia d'un geste et, la mine sévère, se pencha sur les dossiers qui recouvraient son bureau.

Furieux, Axel lui fit une grimace. La fille s'en aperçut et pouffa derrière sa main. Puis elle raccompagna les K et M. Schroll dans le vestibule.

– Daddy n'est pas aussi méchant qu'il en a l'air, expliqua-t-elle en souriant. Mais il est terriblement préoccupé par la bonne réputation de son hôtel.

Elle leur tendit la main.

– Au fait… je m'appelle Cindy. Vous devez vous embêter autant que moi ici. Si vous avez envie de venir faire une partie de billard ou de ping-pong, demandez-moi à la réception. D'accord ?

– Et comment ! Merci, c'est vraiment sympa ! s'exclamèrent en chœur Lise, Axel et Mathieu.

Pauline, médusée, se trouvait nez à nez avec un vieillard à la mine acariâtre. Il avait de longs cheveux blancs en bataille et portait des lunettes aux verres épais qui grossissaient ses yeux comme des loupes. Bien que de petite taille, il la retenait d'une main de fer.

– Alors tu l'as vu ! tonna-t-il.

– Je… je ne sais pas de quoi vous parlez ! protesta Pauline d'une voix apeurée. Laissez-moi partir, je vous en prie !

– Comment se fait-il qu'il t'ait blessée ? Et qu'allais-tu faire dans la grotte ?

Abasourdie par ce torrent de questions, Pauline ne savait que répondre. Le vieillard la prit par les épaules et la secoua.

– Je veux tout savoir ! Tout de suite !

Lentement, elle lui raconta ce qui lui était arrivé la veille. Elle lui montra même l'éraflure qui zébrait sa nuque.

– Pas très joli… ronchonna le vieux.

– Je vous ai dit tout ce que je savais, je vous le jure ! Je venais de tomber quand ce… cette créature a surgi brusquement et m'a sauté dessus. Mais je ne l'ai pas vue !

Le vieillard prit un air pensif.

– Il y a trois jours que je ne suis pas monté là-haut, marmonna-t-il. Il s'est échappé.

– De quoi s'agit-il au juste ? hasarda prudemment la benjamine des K, la curiosité l'emportant sur la peur.

– Il faut que j'aille voir, bougonna l'homme en aparté. Il faut que j'en aie le cœur net.

Sur ces mots, il lâcha Pauline et disparut dans la maison. Aussitôt, elle prit ses jambes à son cou et retourna au *Palace*. Elle y arriva au moment où ses camarades s'apprêtaient à en sortir.

– Qu'est-ce que tu fabriquais ? s'exclama Lise. Où étais-tu passée ?

– J'ai une nouvelle incroyable à vous apprendre ! cria Pauline. La bête qui m'a blessée hier existe bel et bien. Ce n'était pas une hallucination ! Apparemment, elle était enfermée dans une grotte d'où elle s'est échappée.

Certains clients lui jetèrent des coups d'œil inquiets, d'autres se mirent à chuchoter. L'un des individus présents se retourna, livide, puis s'éloigna en hâte. Il savait quelles étaient les conséquences de cette blessure. La situation risquait de devenir délicate. Il fallait absolument qu'il téléphone.

Un mystérieux skieur

En rentrant au chalet, Pauline raconta en détail sa rencontre avec le vieillard.

– Vous voyez bien que cet animal existe ! conclut-elle. Le vieux bonhomme qui habite chez Thomas avait l'air furieux que j'aie découvert son secret !

Lise se triturait le bout du nez, ce qui signifiait qu'elle réfléchissait intensément.

– Je me demande vraiment quel genre de bête peut s'échapper d'une grotte et attaquer des gens sur une piste de ski… marmonna-t-elle.

Aux dernières nouvelles, il n'y a pas d'ours brun par ici !

– C'est peut-être un chien volé ! s'écria Mathieu, frappé d'une illumination subite. Beaucoup de milliardaires amènent leur animal de compagnie et certains ont de la valeur. Vous avez bien vu *Les 101 Dalmatiens*…

– C'est possible ! approuva Lise. Et ce chien aurait échappé à ses ravisseurs puis se serait rué sur la piste pour essayer de retrouver son maître. Paniqué, il aurait attaqué Pauline…

– Il faut absolument qu'on découvre la grotte dont parlait le vieil homme ! s'exclama la petite fille.

– Nous allons demander à ma mère, décida Lise. Elle connaît bien la région, elle pourra sans doute nous renseigner.

Mme Schroll, effectivement, connaissait l'existence d'une grotte non loin du village.

– Elle est très connue par ici, expliqua-t-elle. Elle se trouve un peu au-dessous de l'arrivée du télésiège. C'est une curiosité, car elle abrite une source qui donne naissance à de superbes formations de glace.

– Il n'y en a pas d'autres ? interrogea Lise.

– Non, pas que je sache. Mais elle est fermée aux visiteurs dès l'automne. Pourquoi ces questions ?

– Comme ça... répondit Axel d'un ton évasif. On voulait juste savoir ce qu'il y avait à visiter dans le coin.

Cela dit, il claqua des doigts à trois reprises – le signal secret par lequel un K indiquait à ses camarades qu'il avait besoin de leur parler de toute urgence.

Lise, Pauline et Mathieu le suivirent dans la chambre.

– Vous êtes du même avis que moi ? leur lança-t-il aussitôt.

Trois mentons répondirent par l'affirmative.

– On y va après le déjeuner ! décida Lise.

Pauline soupira, soulagée.

– Je me demandais si vous me croiriez un jour !

Axel la dévisagea avec attention.

– Dis donc, tu es sûre que tu vas bien ?

La petite fille essuya d'un revers de main son front moite.

– Oui, pourquoi ?

– On dirait que tu as de la fièvre.

– Oh non, quelle idée ? protesta Pauline qui s'empressa de changer de sujet.

Mais Axel avait raison : elle ne se sentait pas bien du tout. Cependant, pour rien au monde elle n'aurait voulu l'admettre. Il était hors de question qu'elle se repose.

Deux scarabées orange vif gravissaient avec peine la route étroite qui conduisait à Rödelstein. Il s'agissait des chasse-neige qui déblayaient en permanence l'unique voie d'accès à la station.

L'un des véhicules s'immobilisa. Son conducteur en descendit et s'approcha de son collègue.

– Écoute, Ernst, si la neige continue à tomber comme ça, il va falloir fermer la route.

L'autre secoua la tête avec la dernière énergie.

– C'est impossible, Hugo. Tu sais bien qu'on attend ce magnat du pétrole qui arrive tout droit du Texas avec sa cour au grand complet ! S'il ne peut pas monter jusqu'à Rödelstein, on nous licenciera.

Pour toute réponse, l'homme soupira et jeta un regard méfiant aux pentes abruptes qui surplombaient la route.

– Et les risques d'avalanche, tu y penses ?

Ernst écarta cette idée d'un geste nonchalant.

– Sois tranquille, il n'y a pas de risques pour l'instant. Les avalanches se produisent en général au moment du redoux.

Hugo regagna son chasse-neige, sans se douter qu'ils étaient observés avec attention par un skieur qui se tenait au-dessus d'eux. Vêtu d'une combinaison grise qui se confondait avec les arbres, il portait des lunettes noires réfléchissantes et un passe-montagne. Il tenait à la main l'extrémité d'un câble qui traversait la pente sur toute sa largeur et reliait des trous creusés dans la neige. Il tira de sa poche de poitrine un talkie-walkie.

– Agent deux appelle comte Zeppelin. Répondez !

Il y eut un grésillement.

– Ici comte Zeppelin. Qu'y a-t-il, agent deux ?

– Les charges sont posées sur la base un !

– Bien. Posez les autres sur les bases deux et trois. Puis camouflez-les.

– Compris. Terminé !

Le skieur rangea l'appareil dans sa poche et sortit de son sac à dos un boîtier vert dans lequel il inséra l'extrémité du câble. Ensuite il actionna un interrupteur. Deux petites lampes clignotèrent.

Désormais, l'installation pouvait être enclenchée à tout moment au moyen d'une télécommande.

L'homme chaussa ses skis. Un long chemin l'attendait.

Mais à l'instant où il démarrait, son talkie-walkie se remit à grésiller.

— Comte Zeppelin à agent deux ! Répondez !

— Ici agent deux, j'écoute.

— Filez immédiatement à la grotte ! Quatre enfants sont en train de s'y rendre. Prochaines instructions dans quinze minutes !

À la recherche de la grotte

Avant leur départ, Lise avait localisé précisément la grotte sur une carte.

L'ascension serait très éprouvante et leur demanderait au moins deux heures de marche. Mais il ne paraissait pas y avoir d'autre moyen de s'y rendre...

Les K avaient accompli une partie du trajet quand le regard de Lise s'arrêta soudain sur des lumières orange qui clignotaient en se déplaçant.

Elle tenait une solution ! Les engins qui

damaient la neige étaient de sortie. Ils n'avaient plus qu'à convaincre un chauffeur de les conduire jusqu'en haut, et le tour serait joué.

– Le truc du journal scolaire devrait marcher… murmura le cerveau de la bande.

Quand Joseph aperçut les quatre adolescents qui tournaient autour de son véhicule, il s'exclama :

– Eh, vous ! Qu'est-ce que vous fabriquez là ?

Lise intervint aussitôt.

– Nous voudrions écrire un article sur les dameuses pour le journal du collège, expliqua-t-elle. Accepteriez-vous de répondre à quelques questions ?

Sans attendre la réponse, elle tira de son anorak un bloc-notes couvert de questions.

– Vous voulez me demander tout ça ? s'exclama Joseph éberlué.

– Nous prenons notre mission de reporters très au sérieux, intervint Mathieu d'un ton pincé. Je vous conseille vivement de nous aider, sans quoi nous pourrions être amenés à écrire des choses… assez désagréables à propos de votre corps de métier.

Joseph fronça ses sourcils broussailleux.

– Dis donc, jeune homme ! Tu n'essaierais pas de m'intimider ?

– Mon camarade s'est exprimé d'une façon un peu maladroite, concéda Lise. Excusez-le, c'est le trac. Ce reportage est très important pour nous. Pouvons-nous commencer tout de suite?

– Je n'ai pas le temps, répondit le conducteur. Le travail m'attend.

– Quelle piste devez-vous damer? s'enquit l'aînée des K.

– Je dois aller jusqu'en haut, sur le Gemsensprung.

Elle faillit bondir de joie. C'était exactement là qu'ils voulaient aller!

– Nous venons avec vous, décréta-t-elle. Nous aurons ainsi tout loisir de vous poser des questions sans vous empêcher de travailler, et nous vous verrons à l'œuvre. Notre reportage n'en sera que plus vivant et plus détaillé. Et pour une fois, vous aurez de la compagnie!

Avant que Joseph ait pu protester, elle avait déjà sauté sur le siège du passager, imitée par Axel, Pauline et Mathieu qui se serrèrent sur la banquette.

Sans perdre une seconde, les K prirent le malheureux chauffeur sous le feu roulant de leurs questions.

Comme ils atteignaient le sommet, Axel demanda soudain:

– Au fait, n'y a-t-il pas une grotte renommée dans les environs ?

Joseph désigna un rocher tout proche.

– L'entrée est juste là, derrière ce rocher. Mais en hiver, la grotte est fermée.

– Bien, je crois que nous possédons les éléments nécessaires à la rédaction de notre article, déclara Mathieu, solennel, en remontant ses lunettes sur son nez. Que diriez-vous d'une bonne glissade, maintenant ?

Et il adressa un clin d'œil complice à ses trois camarades.

– Ouais ! Génial ! s'exclamèrent-ils.

– Attention, les pentes sont assez raides par ici ! les avertit Joseph. Soyez prudents !

– Promis !

Les K le remercièrent et sautèrent à bas de l'engin. Quand il eut disparu de leur champ de vision, ils se dirigèrent vers le rocher où s'ouvrait une porte métallique peinte en kaki.

– En plein dans le mille ! s'écria Lise, ravie.

– Flûte, bougonna Mathieu, la porte est fermée à clé.

Soudain, les K dressèrent l'oreille. Des pas pesants faisaient crisser la neige.

– Quelqu'un vient par ici ! chuchota Pauline épouvantée.

Ils se plaquèrent derrière le rocher et Axel, en première ligne, risqua un œil.

Une silhouette courbée et lourdement emmi-touflée, portant un sac à dos en toile, ne tarda pas à surgir.

Axel remarqua brusquement les empreintes de leurs bottes dans la neige et son cœur s'emballa. Si l'inconnu les remarquait, ils étaient perdus !

L'homme ôta avec peine son sac et en sortit une clé. Il ouvrit la porte et pénétra dans la grotte.

Les K attendirent quelques minutes avant d'émerger de leur cachette. Axel soupira : ils l'avaient échappé belle !

– Vous avez tous votre lampe avec vous ? demanda Lise.

– Évidemment ! répondirent ses camarades.

En file indienne, ils se glissèrent par la porte restée entrouverte.

Après s'être assurés que l'homme s'était éloi-gné, ils allumèrent leurs torches et découvrirent un long tunnel.

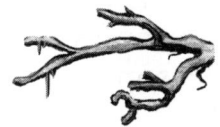

Lise s'avança la première, suivie de près par ses camarades. Ils débouchèrent dans une salle gigantesque que traversait un chemin bordé d'une rambarde. D'énormes stalactites tombaient du plafond ; certaines, en atteignant le sol, formaient d'étranges piliers de glace.

Depuis un moment, Pauline sentait ses jambes se dérober sous elle. Elle s'adossa un instant à la rambarde.

– Allez, on continue ! ordonna Lise.

– Je… préfère vous attendre ici, souffla Pauline. Les grottes me font peur.

Axel lui jeta un regard interrogateur. Il était persuadé qu'elle n'était pas dans son état normal, mais pourquoi ne disait-elle rien ?

Résigné, il suivit ses camarades dans la salle d'après. Une magnifique cascade gelée faillit un instant leur faire oublier les raisons de leur visite. Mais ils se ressaisirent et poursuivirent leur route.

Bientôt, un silence impressionnant enveloppa Pauline. Les seuls bruits qu'elle percevait étaient son propre souffle ainsi que les battements sourds de son cœur. Elle tremblait comme une feuille.

Tout à coup, au pied des escaliers, un crissement la fit sursauter. Sans hésiter, elle se glissa sous la rambarde, se dissimula derrière un pilier de glace et éteignit sa lampe.

Quelqu'un approchait.

À la lueur de la torche qui balaya la salle, Pauline aperçut un homme vêtu d'une combinaison grise, la tête couverte d'une cagoule noire.

Dans une main, il tenait un revolver.

Le sang de Pauline ne fit qu'un tour : il fallait à tout prix qu'elle prévienne ses amis, mais comment ?

Découvertes souterraines

Axel, Lise et Mathieu progressaient lentement à travers la salle quand, soudain, Lise leva la main et s'arrêta, alertée par des coups sourds et répétés.

Mathieu s'efforça de localiser le bruit, puis dirigea sa torche vers une gorge profonde.

– Ça vient de là, souffla-t-il.

Lise s'aventura à pas prudents sur le sol gelé en direction de la crevasse, suivie par les deux garçons. Elle remarqua, dans un coin, une cage vide dont la porte était entrouverte.

Le bruit s'interrompit brutalement. Axel attira l'attention de ses compagnons sur une lueur qui éclairait un grand trou creusé dans la glace. Ils s'en approchèrent en retenant leur souffle.

Soudain, l'homme qui les avait précédés dans la grotte surgit derrière eux en criant :

– Vous ne sortirez pas d'ici ! Je ne vous laisserai pas tout gâcher !

Le piolet qu'il brandissait ne laissait planer aucun doute sur ses intentions.

Axel inspira à fond.

– Nous ne voulons pas vous causer du tort, monsieur, déclara-t-il d'une voix calme. Nous nous demandions seulement si cette grotte ne servait pas de refuge à l'animal qui a attaqué notre camarade hier.

Mathieu comprit en un éclair à qui ils avaient affaire : ce visage ridé, ces longs cheveux blancs... C'était le vieillard qui logeait chez Thomas et que Pauline avait rencontré.

– Je ne vous crois pas ! riposta l'homme, les fusillant de son regard vert pâle. Qui vous envoie ? Le professeur Ziemann ou le professeur Tylen ? Parlez !

– Nous ne connaissons pas ces gens ! se récria Lise.

– Et d'abord, que trafiquez-vous dans cette grotte ? intervint Mathieu avec un courage qui le surprit lui-même. Pourquoi retenez-vous des animaux prisonniers ?

Le grand front ridé du vieillard se plissa d'étonnement.

– Je retiens des animaux prisonniers, moi ? Qui vous a raconté ça ?

– Ce matin, vous avez demandé à notre amie Pauline si c'était elle qui avait laissé s'échapper... la bête qui l'a attaquée, répondit Lise. Et j'ai vu des restes de repas dans une espèce d'écuelle et une cage entrouverte...

Le vieil homme parut brusquement découragé. Il laissa retomber ses bras et son piolet heurta le sol.

– Vous ne comprenez pas, marmonna-t-il. Sur le moment, j'ai vraiment cru que c'était arrivé, une résurrection... C'était ridicule, je le reconnais.

Les K se dévisagèrent, perplexes. Cet homme était-il fou ?

– En tout cas, déclara Axel, vous avez notre parole d'honneur que nous ne vous voulons aucun mal.

– Je vous crois, acquiesça le vieillard. Je me suis emporté, excusez-moi.

– Mais quelles sont exactement vos activités ? demanda Lise. Et qu'y a-t-il de si précieux dans cette grotte ?

Pris par la discussion, ils n'entendirent pas l'homme au revolver s'approcher. Celui-ci se plaqua contre le rocher et retint son souffle : aucun mot de la conversation qui suivit ne lui échappa.

Le piège se referme

Un homme en combinaison de ski grise se faufila dans la salle polyvalente de la mairie de Rödelstein par la porte réservée aux fournisseurs.

Il emprunta l'escalier qui menait à la cave, ouvrit la porte sans bruit et pénétra dans une pièce glaciale où régnait une odeur de terre humide.

L'armoire qui l'intéressait n'était pas verrouillée… Mais qui, dans ce petit village, aurait pu imaginer que quelqu'un pourrait s'en prendre aux lignes téléphoniques ?

L'homme activa le mécanisme d'un boîtier. Une ampoule verte se mit à clignoter : le détonateur était prêt à fonctionner. Une télécommande le déclencherait au moment voulu et le réseau, en l'espace d'une seconde, serait gravement endommagé.

Sa mission achevée, il sortit aussi discrètement qu'il était entré.

À l'instant où le mystérieux inconnu traversait l'unique rue du village, le véhicule tout-terrain blindé de M. Jerry Robert Lenis s'arrêtait devant l'entrée du *Palace des Neiges*. Les deux portiers saluèrent respectueusement le milliardaire américain qui sortit de sa voiture sans leur accorder un regard.

Jerry Robert Lenis mâchait du chewing-gum, comme toujours. Et, comme toujours, il portait un chapeau de cow-boy, des bottes de rodéo et une veste en daim à longues franges sur laquelle il avait négligemment jeté un luxueux manteau en poil de chameau.

Une femme brune très maquillée émergea à son tour du véhicule. Le magnat du pétrole lui offrit une main galante.

M. Landau s'était déjà précipité au-devant de ses illustres clients qu'il accueillit avec effusion.

– Quel grand honneur, quelle immense joie de vous recevoir une nouvelle fois dans mon établissement, monsieur et madame Lenis ! Je vous ai réservé l'aile ouest.

Pour toute réponse, le richissime Texan se contenta de hocher la tête d'un air indifférent.

– Notre petite station vous conviendra à la perfection, monsieur Lenis, reprit le directeur avec enthousiasme. Vous ne trouverez nulle part au monde un endroit plus tranquille.

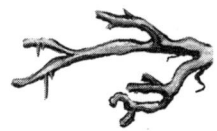

De retour dans son bureau, M. Landau se frotta les mains. M. Lenis était un client de rêve. Il retenait toujours la suite la plus chère et payait rubis sur l'ongle.

D'excellente humeur, le directeur examina le courrier posé sur son sous-main. Une enveloppe blanche, qui portait son nom inscrit en lettres d'imprimerie, attira son attention.

Le message qu'elle contenait était court, mais explosif.

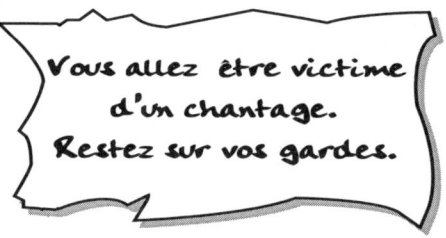

Vous allez être victime d'un chantage.
Restez sur vos gardes.

– C'est ridicule, grommela M. Landau. Il n'y a rien dans ma vie ou dans mes affaires qui puisse donner prise à un chantage. Quelle mauvaise plaisanterie !

Il froissa la feuille et la jeta dans sa corbeille à papier.

Des animaux d'un autre temps

Dans la grotte, les K écoutaient le vieil homme avec attention.

– Avez-vous déjà entendu parler des putois à poil long ? leur demanda-t-il.

Les K secouèrent la tête, intrigués.

– Il s'agit d'une espèce dont je viens de découvrir l'existence. Elle s'est sans doute éteinte il y a plusieurs milliers d'années. C'étaient des mustélidés géants qui avaient à peu près la taille et l'allure d'un gros porcelet, mais avec un pelage très épais.

Comme le vieil homme marquait une pause, Axel en profita pour poser une question qui le préoccupait depuis un moment :

— Excusez-moi, mais qui êtes-vous au juste ?

— Oh, je suis désolé, j'ai oublié de me présenter. Je suis Engelbert Dick, docteur en paléontologie. Mon fils Thomas est moniteur de ski au *Palace des Neiges*. Mais je reprends mon récit : l'été dernier, un énorme morceau de glace s'est détaché d'une paroi de cette grotte. Il contenait des fragments de fourrure noire que j'ai étudiés avec soin, et qui pourraient avoir appartenu à une espèce aujourd'hui disparue.

— Et maintenant je suppose que vous essayez de retrouver d'autres éléments ? intervint Lise.

— Exactement, jeune fille. Vous savez certainement que l'on a découvert un bébé mammouth congelé dans les glaces de Sibérie... Aujourd'hui, des chercheurs en génétique tenteraient même de recréer des mammouths à l'aide de cellules prélevées sur les animaux ainsi retrouvés. Des éléphantes pourraient porter les embryons.

— Et vous croyez que ces putois noirs auraient vécu à une époque très reculée ? s'étonna Mathieu.

— D'après mes recherches, oui, assura le professeur. Mes collègues, cependant, sont sceptiques. C'est pourquoi je veux à tout prix mettre à jour des preuves irréfutables de leur existence.

– Êtes-vous certain que l'espèce a bien disparu ? demanda Lise. Après tout, quelques animaux auraient pu survivre sans que personne n'en sache rien !

Le vieux professeur se gratta la tête.

– Cela me paraît peu probable.

L'homme au revolver en avait assez entendu. Mais tandis qu'il faisait demi-tour, il trébucha et s'effondra avec un gémissement de douleur.

Les K sursautèrent tandis que l'inconnu s'enfuyait.

– C'est peut-être Pauline ? suggéra Axel, inquiet.

Aussitôt, ils l'appelèrent. L'écho de leurs voix parvint jusqu'à l'endroit où elle était toujours dissimulée.

Elle se figea, terrifiée. Que se passait-il ?

Tout à coup, un bruit de course lui parvint puis la voix d'Axel, lointaine, retentit :

– Arrêtez-vous !

Les pas se rapprochaient. L'homme au revolver pénétra en trombe dans la salle où elle se trouvait. Il frappa trois coups contre la paroi métallique et la porte s'ouvrit. Quelqu'un aida l'homme à sortir puis Pauline entendit la porte métallique claquer et la clé tourner dans la serrure.

Ils étaient prisonniers dans la grotte !

À ce moment, ses camarades arrivèrent, soufflant comme des phoques. Pauline se leva péniblement.

— Tu vas bien ? demanda Lise d'un ton inquiet, en posant une main sur son front. Mais tu es brûlante !

— Il faut la redescendre le plus vite possible au chalet, déclara Axel.

À cet instant le professeur Dick apparut, brandissant son piolet. Pauline eut l'air affolé.

— Ne t'inquiète pas, ce n'est pas après nous qu'il en a, la rassura Lise.

— On nous a enfermés, murmura Pauline.

— Pas pour longtemps ! grommela le vieil homme.

Il s'acharna tant et si bien sur la serrure avec son piolet qu'elle céda rapidement. Quelques instants plus tard, ils étaient dehors.

— Je voudrais bien savoir qui était cet homme, marmonna Mathieu.

— Je l'ai vu, révéla Pauline d'une voix faible. Il portait une combinaison de ski grise... Une cagoule noire lui recouvrait entièrement la tête, et il avait un revolver... Un autre homme l'attendait dehors.

Engelbert Dick plissa ses paupières ridées.

— Bonté divine ! Et s'il s'agissait d'un de mes concurrents !

Lise songeait avant tout à ramener Pauline au chalet dans les meilleurs délais.

— Comment redescendre le plus rapidement possible ? murmura-t-elle.

Le grondement d'un moteur et le crissement de lourdes chenilles dans la neige leur firent deviner la solution idéale.

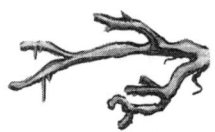

L'inquiétude se peignit sur le visage de Mme Schroll quand elle ouvrit la porte et vit Pauline arriver, très pâle et soutenue par Lise et Axel. Immédiatement, elle la transporta dans la chambre d'amis et la coucha. Puis elle appela les urgences.

Comme il n'y avait pas de docteur à Rödelstein, il faudrait attendre qu'un médecin monte de la vallée, ce qui prendrait au moins une heure et demie.

— Elle a plus de trente-neuf, annonça la mère de Lise un moment plus tard en ressortant de la chambre.

— Ça ne m'étonne pas, bougonna Axel. Ce matin déjà, elle n'avait pas l'air en forme.

— C'est peut-être son écorchure qui s'est infectée ? suggéra Lise.

Mme Schroll, inquiète, appela son mari à l'hôtel, mais elle ne put lui parler, car il se trouvait au club de remise en forme. La standardiste proposa de lui transmettre un message.

– Dites-lui que Pauline est malade et que je me sentirais plus tranquille s'il rentrait le plus tôt possible au chalet.

La jeune femme nota le message et appela un groom.

– Portez ce mot à M. Schroll, au gymnase, demanda-t-elle. C'est urgent.

Le groom parcourut les salles de gym, mais ne trouva pas le moniteur. Il regagna le hall et épingla la fiche sur le tableau noir installé près de l'accueil. Elle y fut découverte peu après… mais ce ne fut pas par M. Schroll.

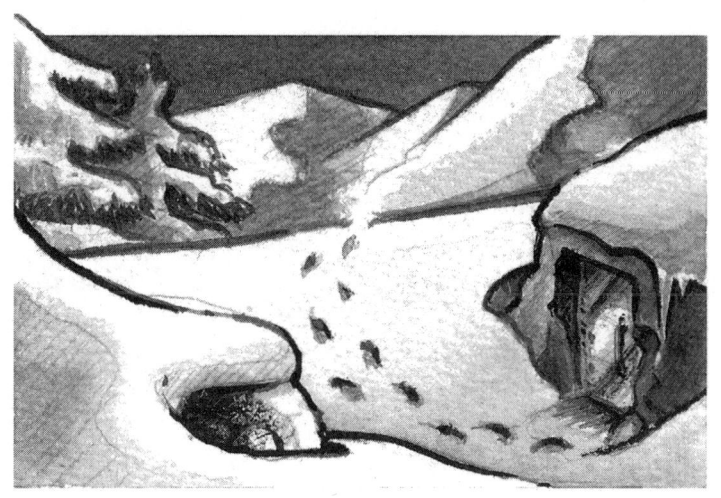

Le complot

Les deux individus en combinaison grise étaient des frères qui se nommaient Ludwig et Frederik. Ludwig, l'aîné, était téméraire, tandis que Frederik était prudent et même peureux, mais les scrupules ne les étouffaient ni l'un ni l'autre.

Pour gagner leur vie, ils exécutaient des missions secrètes pour lesquelles ils se faisaient payer très cher. Dans l'affaire qui les occupait actuellement, ils avaient pris comme nom de code « Agent numéro un » et « Agent numéro

67

deux », alors que leur commanditaire dissimulait son identité sous le pseudonyme de « comte Zeppelin ».

Ludwig et Frederik ne l'avaient jamais vu. Tout se passait par fax, mail, téléphone ou talkie-walkie. Les frères occupaient depuis quelques jours deux chambres luxueuses au *Palace des Neiges*, et personne ne soupçonnait à quelles activités se livraient ces drôles de touristes.

Le matin, ils quittaient l'hôtel vêtus de tenues de ski dernier cri, ils prenaient le télé-siège jusqu'au refuge où ils entreposaient leurs combinaisons grises, leurs cagoules noires et leur matériel, et ils partaient en mission.

En cette fin de journée, les deux complices se changeaient pour redescendre dans la vallée quand l'un des talkies-walkies grésilla.

– Oh, non ! ronchonna Frederik. Encore ? Laisse tomber, Ludwig. Je n'en peux plus.

– Allez, petit frère ! riposta l'aîné. Pense à tout l'argent qu'on va gagner, ça te redonnera du courage.

Le comte Zeppelin était furieux.

– Vous n'êtes que des bons à rien !

– Eh là ! Doucement, s'il vous plaît… rétorqua Ludwig. Nous avons passé la journée à exécuter vos ordres. Qu'est-ce qui ne va pas ?

– Il s'est échappé et a attaqué une gamine ! Vous vous êtes bien gardés de m'en avertir, hein ? L'avez-vous retrouvé, au moins ?

– On l'a cherché partout, mais il s'est éva-
noui dans la nature ! cria Ludwig dans le combiné. Nous ne sommes pas des magiciens, il ne
suffit pas de claquer des doigts pour le faire
revenir !

– La petite est malade, il faut absolument
l'empêcher de voir un médecin, reprit le comte
Zeppelin d'une voix tendue. Est-il possible de
déclencher l'opération plus tôt que prévu ?

– Il nous faut encore une journée pour ter-
miner les préparatifs, répondit Ludwig, mais
nous nous arrangerons pour que la famille ne
puisse pas appeler un docteur…

– Occupez-vous-en, et vite !

– Ne vous énervez pas. Ce sera fait sans pro-
blème.

Ludwig coupa la communication. Alors que
son frère cadet se dirigeait vers la porte, il
fronça les sourcils.

– Qu'est-ce que tu as ? Tu boites ?

– J'ai glissé dans la grotte, répondit-il d'un
ton détaché. Rien de grave.

La montagne était plongée dans l'obscurité
quand le 4x4 du docteur Markus s'engagea sur
la route étroite et tortueuse qui montait à
Rödelstein. Les flocons tombaient plus dru que

jamais et, malgré les essuie-glaces qui fonctionnaient à plein régime, le médecin y voyait à peine.

Soudain, au détour d'un virage, il freina. Au beau milieu de la chaussée, un homme agitait une lampe orange en signe de danger.

Le docteur s'arrêta et baissa sa vitre.

– Que se passe-t-il ? demanda-t-il.

– La route est coupée. Vous devez faire demi-tour.

– Mais c'est impossible ! Une malade m'attend.

– Je regrette, vous ne pouvez pas aller plus loin. Donnez-nous le nom de votre patiente. S'il s'agit d'un cas urgent, nous appellerons l'hélicoptère de secours.

– On ne peut vraiment pas passer ? insista le médecin.

L'homme, emmitouflé dans une écharpe qui lui montait jusqu'aux yeux, fit signe que non.

– Bon… soupira le docteur. J'ai été appelé par la famille Schroll, au chalet des Cerfs.

– Ne vous inquiétez pas, nous nous occupons de tout, assura l'homme en le saluant de la main.

Le médecin reprit la direction de la vallée. Bien qu'il ne soit pas fâché de rentrer, car il risquait d'être bloqué à tout moment, un curieux sentiment de malaise s'empara de lui.

Quelqu'un tira la vieille sonnette à la porte du chalet des Cerfs, actionnant les clochettes de traîneau installées dans l'entrée. Mme Schroll ouvrit. Devant elle se dressait un homme de haute taille, emmitouflé jusqu'aux yeux dans une grande écharpe et coiffé d'une toque de fourrure. Une trousse d'urgence sous le bras, il se présenta :

– Bonjour madame, je suis le docteur Tyminger. Je remplace mon confrère qui n'était pas libre.

Un peu étonnée, la mère de Lise le fit entrer. Sa surprise s'accrut quand l'homme refusa de se dévêtir.

– Merci, mais je suis transi et je n'ai pas une minute à perdre. Où est la petite malade ?

– Si vous voulez bien me suivre... déclara Mme Schroll en jetant un coup d'œil perplexe à ce médecin dont elle ne distinguait même pas le visage.

Il s'engagea derrière elle en boitant légèrement.

Lise, Axel et Mathieu avaient assisté à la scène depuis la salle de séjour ; ils montèrent à leur tour, impatients de savoir de quel mal souffrait leur camarade. Mais l'étrange docteur Tyminger les pria d'attendre sur le palier.

– Je vous accompagne ! insista Mme Schroll. Pauline a trop de fièvre pour vous expliquer quoi que ce soit !

– Ne vous inquiétez pas, je connais mon métier.

Il referma la porte derrière lui. Cinq minutes plus tard, il reparut et déclara d'un ton rassurant :

– Rien de grave. Juste un petit refroidissement. Donnez-lui de l'aspirine et gardez-la au lit, dans deux jours au plus tard elle sera rétablie.

– Vous en êtes sûr ? demanda la maîtresse de maison, incrédule.

– Absolument.

Le médecin descendit les marches en boitillant et prit congé sans se faire payer et sans se retourner.

– Drôle de type ! marmonna Axel.

– L'essentiel, c'est que Pauline n'ait rien de grave, assura Lise.

Les K jetèrent un coup d'œil dans la chambre. Pauline, les yeux fermés, semblait dormir. Mais elle ne cessait de s'agiter en marmonnant des paroles incohérentes, et son front était couvert de sueur.

– Elle délire, la pauvre… murmura Lise d'un ton apitoyé.

Peu après six heures, M. Schroll rentra. Il était fatigué et alla s'asseoir à la grande table de la salle de séjour.

– Je dois vous transmettre les salutations de M. Dick, le père de Thomas, annonça-t-il. Il m'a dit qu'il vous avait rencontrés aujourd'hui et qu'il aimerait vous retrouver ce soir à l'auberge, vers sept heures et demie. Il a quelque chose à vous raconter. Il ne s'agit pas d'une nouvelle enquête, au moins ?

Lise haussa les épaules d'un air innocent.

– Ah… autre chose encore. Vous êtes invités au *Palace* pour la soirée. En passant par l'entrée de service, cette fois ! Cindy Landau serait heureuse de disputer quelques parties de ping-pong avec vous.

– Super ! s'exclama Axel.

Mais Lise secoua la tête.

– On ne peut pas abandonner Pauline.

Son père lui jeta un regard surpris.

– Qu'est-ce qu'elle a ? Elle est malade ?

Il n'avait pas eu le message, qui avait été détaché discrètement du panneau d'affichage…

– Ce n'est pas parce qu'on reste ici qu'elle guérira plus vite, observa l'aîné des garçons.

Lise reconnut qu'il avait raison. Ils se hâtèrent de dîner, impatients d'entendre ce que le professeur Dick avait à leur raconter.

Le secret du professeur

Le vieux professeur, qui les attendait comme convenu devant l'auberge du village, semblait dans tous ses états.

– Suivez-moi, les enfants, allons faire une petite promenade, déclara-t-il en poussant les K dans l'allée illuminée.

Ils suivirent le vieil homme dans un endroit relativement désert. Là il s'arrêta et se racla la gorge, l'air embarrassé :

– Euh... à vrai dire, je ne sais pas très bien comment vous annoncer ça. C'est quelque chose... de sensationnel. Voilà : après votre départ, je suis retourné dans la grotte, plus précisément dans le boyau où je travaille en ce moment. J'y ai découvert deux ombres noires qui transparaissaient à travers la glace.

— Des putois à poil long ! s'exclama Axel.

Le professeur Dick jeta un regard inquiet autour d'eux et mit un doigt sur ses lèvres.

— Chut ! Pas si fort ! On pourrait nous entendre. Oui... je pense qu'il s'agissait de deux spécimens. Mais attendez, ce n'est pas tout ! ajouta-t-il en ménageant son effet.

Les K retinrent leur souffle.

— Je suis sorti un instant pour prendre l'air et me remettre de mes émotions. Quand je suis revenu... les deux ombres avaient disparu. À la place il y avait deux trous dans la glace.

— Disparu ? répétèrent en chœur Lise, Mathieu et Axel, ébahis.

Le vieil homme acquiesça, l'air grave.

— Disparu... Mais la glace conservait l'empreinte des corps congelés. Et il y a pire encore...

Il baissa les yeux, penaud.

— Je dois vous faire un aveu. En fait, j'avais déjà trouvé et dégagé un gros putois quelques jours plus tôt. J'aurais voulu garder cette découverte secrète, seulement... il a disparu aussi. Avant-hier.

— On vous l'a volé ? demanda Axel.

M. Dick haussa les épaules.

– Il n'a pas pu s'enfuir tout seul, à moins que…

– Un animal vieux de plusieurs milliers d'années ne peut pas ressusciter ainsi ! se récria Lise.

– Il arrive que les mystères de la création nous dépassent, marmonna le professeur.

Mathieu le dévisageait d'un air incrédule.

– Cela signifie que Pauline a été attaquée et mordue par une bête… préhistorique ? fit-il, suffoqué.

– La description de votre camarade semblerait l'attester. Je me trouve là devant la plus grande énigme de ma vie de savant.

Lise mâchonnait nerveusement l'extrémité d'une de ses nattes.

– Peut-être que quelqu'un cherche à vous faire une mauvaise farce, suggéra-t-elle.

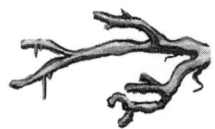

Tout en parlant, ils s'étaient remis à marcher et étaient arrivés au bout de la grande rue qui traversait le village. De là partaient plusieurs chemins et allées menant aux luxueux chalets que de riches citadins s'étaient fait construire pour les week-ends et les vacances.

Bientôt, le professeur consulta sa montre et émit un long sifflement.

– Bonté divine ! Déjà huit heures ? Il faut que je rentre à la maison. C'est Thomas qui cuisine et il déteste que j'arrive en retard pour le repas. Eh oui, c'est le père qui obéit au fils, maintenant... Le monde à l'envers !

– Professeur, attendez ! cria Lise comme il tournait les talons. Et les animaux ?

– Je m'en occuperai demain, bougonna Engelbert. Mais surtout, gardez pour vous ce que je vous ai révélé ! ajouta-t-il en s'éloignant avec un dernier signe de la main.

Plongés dans leurs pensées, Axel, Lise et Mathieu cheminaient vers le *Palace des Neiges*.

– Vous y comprenez quelque chose, vous ? demanda Axel à ses camarades. Comment une bête congelée depuis des milliers d'années a-t-elle pu se libérer de la glace qui l'emprisonnait ?

– Ça me paraîtrait vraiment loufoque si Pauline n'avait pas été attaquée, répondit Lise. Mais je ne sais plus quoi penser.

Ils contournèrent l'hôtel et y entrèrent par la porte de service.

– Que faites-vous ici ? s'enquit un gardien aussi rogue que les deux portiers de l'accueil.

– Nous sommes invités par Cindy Landau.

L'homme leur jeta un regard soupçonneux, puis décrocha un interphone et appuya sur une touche.

— Il y a ici trois enfants qui prétendent que vous les attendez, mademoiselle Cindy... Ah bon ? Très bien...

Il raccrocha et annonça, d'un ton soudain aimable :

— Si vous voulez bien patienter, elle arrive dans un instant.

Moins d'une minute plus tard, la fille du directeur apparut, un sourire éclatant aux lèvres. Elle portait un pull en mohair rose et un pantalon de cuir. Comme Axel lui jetait un regard admiratif, Lise lui chuchota à l'oreille, moqueuse :

— Attention, tu vas tomber amoureux !

— Je suis ravie que vous ayez pu venir, déclara Cindy. Que préférez-vous ? Un match de ping-pong ou une partie de billard ?

Les K optèrent avec enthousiasme pour le billard.

Cindy les guida à travers l'hôtel jusqu'à une porte munie d'une fermeture électronique. Elle composa un code et la porte s'ouvrit avec un léger déclic.

— C'est ici que nous habitons, chuchota-t-elle. Ne faites pas de bruit, daddy travaille dans son bureau. Je préfère qu'il ne sache pas que vous êtes là.

– Il est encore fâché, pour ce matin ? interrogea Axel.

Cindy haussa les épaules.

– Je ne sais pas. Je l'ai senti nerveux toute la journée.

Ils descendirent jusqu'au sous-sol, où se trouvaient un sauna, une piscine privée, une salle de remise en forme et une salle de jeux.

Courbé sur le billard, un jeune homme aux longs cheveux blonds essayait de loger une boule dans un trou.

– Tu peux nous laisser la place, Jim ? demanda Cindy. J'ai des invités et nous aimerions faire une partie.

– Pas question ! J'étais là le premier ! riposta vertement le joueur sans se retourner.

La jeune fille n'insista pas. Elle haussa les épaules et jeta un regard navré à ses compagnons. Comme ils s'attardaient, le jeune homme se redressa et chassa d'un coup de tête les cheveux qui lui tombaient sur le visage.

– Tu n'as pas entendu ce que j'ai dit ? Fichez le camp d'ici !

Quand il aperçut les K, il pâlit.

Grondement dans la nuit

– Ça ne va pas, Jim ? demanda Cindy d'un air inquiet.

Le jeune homme se reprit rapidement et sourit jusqu'aux oreilles.

– Ça y est, je sais où je vous ai vus ! C'est vous qui avez fait ce numéro dans le hall de l'hôtel, ce matin ! Quelle rigolade ! La vieille Américaine aux cheveux roses voulait même organiser une collecte pour vous aider, conclut-il en riant.

Les K, soulagés, se détendirent. Jim s'approcha et leur serra la main.

— Jim est mon frère aîné, déclara Cindy.

— Cindy et Jim ? releva Axel, étonné. Vous êtes américains ?

Le frère et la sœur s'esclaffèrent.

— Non. Notre père nous a baptisés ainsi en l'honneur de deux clients américains qui lui ont permis de gagner beaucoup d'argent, expliqua le jeune homme. C'est également pour cela qu'il se fait appeler daddy et non papa.

— J'imagine qu'il doit être très agréable de vivre en permanence dans un palace aussi luxueux ? demanda Mathieu.

— Non, pas vraiment, répondit Cindy, amusée. Quand nous étions plus jeunes, nous n'avions aucun copain. Les enfants du village n'osaient pas jouer avec nous, parce que nous étions le fils et la fille du « patron ».

— Quel âge avez-vous, au fait ? s'enquit Lise avec curiosité.

Les K apprirent avec stupéfaction que Jim avait dix-huit ans et Cindy seize. Et ils se sentirent assez flattés qu'ils daignent les traiter en égaux.

— Nos parents n'avaient jamais le temps de s'occuper de nous, reprit Cindy. La phrase que nous entendions le plus souvent était : « Il faut que j'y aille, les clients m'attendent. » Nous n'avions même pas droit à un Noël normal ! On défaisait les cadeaux en vitesse, car nos parents travaillaient toujours ce soir-là.

La soirée se déroula dans la gaieté et la bonne humeur et les K oublièrent de s'inquiéter à propos de Pauline. Mais lorsqu'ils ressortirent dans la nuit glaciale, un peu après onze heures, la petite malade leur revint à l'esprit.

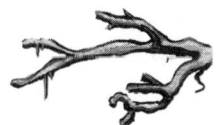

Dès qu'ils pénétrèrent dans le chalet, Lise se précipita vers sa mère :

– Pauline va mieux ?

Mme Schroll paraissait très préoccupée.

– La fièvre ne cesse d'augmenter. Il faut absolument que le docteur revienne au plus vite. Je l'appelle tout de suite.

Les K montèrent dans la chambre d'amis où se trouvait la malade. Elle était très agitée, elle cherchait à repousser quelqu'un ou quelque chose de ses deux mains et gémissait sans arrêt :

– Non, non ! Allez-vous-en ! Lâchez-moi, je ne veux pas !

Lise s'approcha sur la pointe des pieds et posa la main sur le bras de son amie.

– Calme-toi, tu ne crains rien. Ce n'est qu'un mauvais rêve.

Pauline était en nage. Elle se tourna sur le ventre et ses cheveux bruns découvrirent sa nuque.

– Maman, viens vite ! cria Lise épouvantée.

Mme Schroll se précipita au chevet de la malade. Sa fille lui désigna l'écorchure qui barrait le cou mince : elle s'était élargie et était si rouge qu'elle paraissait presque incandescente.

– Elle a été griffée, chuchota Lise d'un ton terrifié. Par une bête... sauvage !

– Je vais prévenir le médecin, déclara sa mère.

Le comte Zeppelin consulta sa montre : il était presque minuit.

Il s'approcha d'un boîtier noir posé devant lui, sur la table, et appuya sur un bouton vert.

Une fraction de seconde plus tard, le central téléphonique du village explosait. Dorénavant, Rödelstein était coupé du reste du monde...

Dehors, un grondement retentit, semblable à un coup de tonnerre. Le père de Lise alla regarder par la fenêtre, surpris.

– On aurait dit une explosion, observa Mathieu.

Mme Schroll décrocha le combiné pour appeler le docteur Markus mais elle attendit vainement la tonalité. Elle renouvela plusieurs fois sa tentative, sans succès.

Lise se frappa le front.

– Je ne sais pas ce qu'on pourrait faire sauter dans ce village perdu, en pleine nuit !

Mme Schroll inscrivit rapidement le numéro du médecin sur un bout de papier et le tendit à son mari.

– Peux-tu essayer d'appeler le médecin depuis l'hôtel ? demanda-t-elle d'une voix inquiète.

Vingt minutes plus tard, M. Schroll était de retour.

– Toutes les lignes de la station sont coupées, annonça-t-il. Cela arrive parfois quand il y a trop de neige. Tout sera réparé demain matin à la première heure.

À cette nouvelle, Mathieu, Lise et Axel se figèrent. Comment contacter le docteur et soigner Pauline ?

Vision de cauchemar

Le lendemain matin, la nouvelle se répandit comme une traînée de poudre : deux avalanches s'étaient produites dans la nuit et avaient coupé la route qui menait à Rödelstein. En outre, un incident technique inexpliqué avait endommagé l'installation téléphonique qui ne pourrait être rétablie dans l'immédiat.

Heureusement, Pauline allait nettement mieux. Sa température avait baissé, pourtant elle se sentait toujours fatiguée et courbatue. Adossée contre ses oreillers, elle sourit à ses camarades quand ils passèrent la tête dans l'entrebâillement de la porte.

– Entrez, venez vite !

– Comment te sens-tu ?

– Beaucoup mieux ; demain, je serai sur pied et je pourrai sûrement retourner skier avec vous.

– Aujourd'hui, en tout cas, on reste avec toi ! assura Lise.

Les garçons approuvèrent avec chaleur.

– C'est gentil à vous, mais très franchement... je crois que je ne vais pas tarder à me rendormir. Profitez-en pour sortir, on dirait que le temps s'éclaircit.

– Moi, je m'accorderais bien une pause, déclara Mathieu. J'ai apporté un tas de bouquins à lire. Et j'approfondirais volontiers le fonctionnement de ton ordinateur, Axel. Tu me le prêtes ?

– Bien sûr ! répondit ce dernier, grand seigneur.

Lise et lui n'avaient qu'une envie : retourner sur les pistes profiter de la poudreuse qui était tombée pendant la nuit.

Il neigeait moins que les jours précédents et les remontées mécaniques fonctionnaient de nouveau. Lise et Axel chargèrent leurs skis sur une épaule et se dirigèrent vers le télésiège.

– J'ai beaucoup de mal à croire qu'un animal qui appartient à une espèce disparue depuis des milliers d'années puisse être encore vivant, déclara subitement Lise.

– J'étais justement en train d'y penser, répondit Axel. Le professeur est gentil, mais je me demande s'il a toute sa tête.

Au pied du télésiège, ils rencontrèrent Thomas et ses clients du jour : M. et Mme Lenis. Le moniteur eut un mouvement de recul en les voyant.

– Comment va votre père, ce matin ? s'enquit Axel d'un air innocent.

– Bien. Il est parti de bonne heure, comme d'habitude, répondit Thomas, visiblement sur ses gardes. Vous a-t-il raconté ce qu'il fait, toute la journée ?

Lise prit sa mine la plus candide.

– Non, pourquoi ?

Le moniteur émit un soupir soulagé.

– Oh, il a des lubies de vieillard... Il passe son temps à parcourir les sommets pour observer les chamois.

Là-dessus, il prit rapidement congé et rejoignit ses clients.

Lise le suivit d'un regard soupçonneux. Pourquoi leur avait-il menti ? Cet homme était vraiment louche.

Peu après, les deux adolescents s'installèrent sur le télésiège et rabattirent le garde-fou. Au-dessous d'eux s'étendait un paysage immaculé, comme dans un conte de fées. Axel aperçut dans la poudreuse les traces d'un lièvre, et Lise celles de plusieurs chamois. À la recherche de nourriture, les animaux s'aventuraient plus bas que d'habitude dans la vallée.

Ils se balançaient au-dessus d'un bouquet de sapins malmenés par la tempête de neige, quand tout à coup Lise pointa l'index en direction de la piste :

– Axel, regarde !

Un animal d'un noir de suie s'acharnait sur un lièvre qu'il dévorait à pleines dents. Alarmé par le cri de Lise, il releva sa gueule ensanglantée.

Lise et Axel frémirent d'épouvante.

– C'est un putois à poil long ! s'exclama l'adolescente dans un souffle. Quelle horreur ! Il est beaucoup plus grand que je ne l'avais pensé.

Le carnassier dardait sur eux ses yeux jaunes et ronds. Ses oreilles, qui rappelaient celles d'un lynx, s'aplatirent et sa queue, longue et nue comme celle d'un rat, battit la neige. Il paraissait d'une férocité et d'une vigueur redoutables.

– Il faut tout de suite prévenir le professeur Dick, s'écria Axel, il doit être dans la grotte.

Arrivés au sommet de la montagne, ils dévalèrent une piste fraîchement damée et parvinrent à l'entrée de la grotte. Les derniers mètres, qu'ils durent effectuer hors-piste en poussant sur leurs bâtons, leur parurent éreintants.

Lise jeta un coup d'œil par la porte entrouverte.

– Tu as ta torche ? demanda-t-elle à Axel.

– Non, et toi ?

– Moi non plus ! regretta l'adolescente.

Ils scrutèrent un moment l'obscurité et décidèrent finalement d'appeler M. Dick. Ils crièrent son nom à pleins poumons. L'écho de leurs voix se répercuta longuement dans les profondeurs de la grotte, mais ils n'obtinrent pas de réponse.

– Partons, suggéra Axel. Il n'est pas là et ce silence ne me dit rien qui vaille.

Juste à cet instant, Engelbert Dick surgit devant eux.

– Doucement, j'arrive ! Je vous ai entendus, expliqua le professeur, mais j'étais dans la dernière salle.

Tandis que les K lui relataient la scène qui s'était déroulée sous leurs yeux, le vieil homme les dévisageait, incrédule, derrière ses lunettes à effet de loupe.

– Incroyable ! souffla-t-il enfin. Figurez-vous que, de mon côté, je viens de faire une découverte extraordinaire ! Il y a au moins une dizaine de putois à poil long vivants dans la grotte !

– Une dizaine de putois ? répéta Lise avec un frisson de terreur. Vivants ?

– Oui ! confirma le savant d'une voix surexcitée. Vous rendez-vous compte de l'importance de cette découverte ? Une espèce que l'on croyait éteinte depuis des milliers d'années et qui resurgit soudain, conservée dans la glace !

– Nous ferions bien de nous dépêcher, coupa Axel. Le mieux, à mon avis, serait de reprendre le télésiège avec vous.

Une demi-heure plus tard, ils se retrouvèrent dans les airs avec Engelbert Dick.

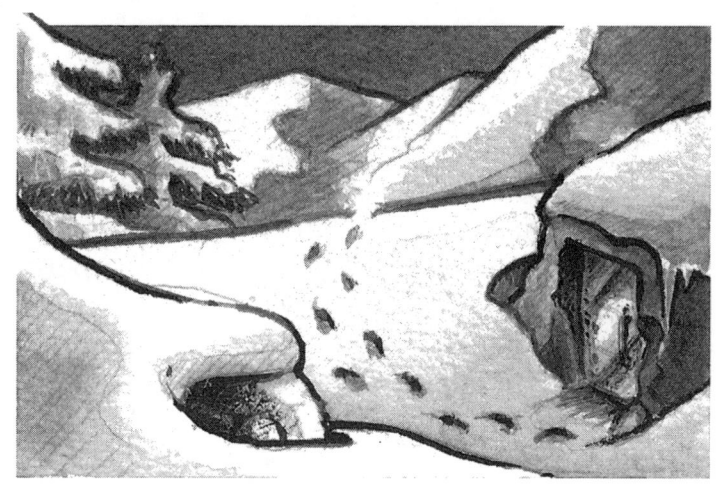

Des traces étranges

Lorsqu'ils furent au-dessus du bosquet, Lise s'écria :

– Axel, il n'y a plus rien !

Non seulement le putois avait disparu, mais sa proie aussi. Plus aucun indice n'était visible, pas même les taches de sang qui, un peu plus tôt, maculaient la neige fraîche.

En revanche, l'endroit avait été très piétiné. Axel discerna les traces de deux skieurs, sortis de la piste pour rejoindre le bosquet. Ils avaient déchaussé, car des marques de chaussures s'enfonçaient dans la neige, puis ils avaient visiblement repris leurs skis pour poursuivre leur descente vers la vallée.

— Je donnerais cher pour savoir qui a fait ça ! s'exclama Lise, hors d'elle. Ces gens sont venus capturer l'animal, c'est évident. Ils n'auraient pas fait un crochet hors piste pour récupérer un lièvre mort !

Axel haussa les épaules, en signe d'incompréhension. Cette histoire le dépassait.

Ludwig et Frederik descendirent avec aisance la piste raide dans l'épaisse couche de poudreuse. Tous deux étaient d'excellents skieurs, ce qui leur était très utile pour cette mission.

Ils s'arrêtèrent devant le refuge qui leur servait de repaire et Ludwig se déchargea du sac qu'il portait sur une épaule.

— J'espère que personne ne nous a vus ? demanda Frederik d'un ton anxieux.

— Mais non, nous étions seuls sur le télésiège ; le pisteur qui le fait fonctionner l'a arrêté juste après notre passage, comme je le lui avais demandé. Cet idiot m'a cru sans l'ombre d'une hésitation, quand je lui ai déclaré que nous étions les gardes du corps du couple Lenis et que personne ne devait monter derrière nous pendant dix minutes !

Frederik gloussa. Il était très fier de son frère aîné, qui avait toujours des idées excellentes.

C'était Ludwig, également, qui avait pensé à neutraliser le diable noir à distance ; à l'aide d'une sarbacane, il lui avait décoché dans l'arrière-train une fine cartouche de narcotique qui l'avait endormi sur-le-champ, après quoi ils avaient pu le transporter sans aucune difficulté.

Mais à présent l'animal commençait à se réveiller. Il gigotait dans le sac, grognait, et ses griffes acérées traversaient l'étoffe.

– Qu'est-ce qu'on fait, maintenant ? demanda le cadet des frères.

– On appelle le comte Zeppelin. L'opération peut commencer.

Lise descendit du télésiège persuadée que la disparition des animaux ne devait rien au hasard. Quant au professeur, il était furieux.

– Qu'est-ce que c'est que cette histoire ? lança-t-il aux deux amis, les sourcils froncés. Vous avez voulu me faire marcher, hein ?

– Pas du tout ! protesta l'adolescente. Je vous jure qu'on vous a dit la vérité ! Mais quelqu'un est passé par là et a effacé les traces.

– Lise a raison, renchérit Axel, on n'a jamais vu un putois capable de faire disparaître ses propres empreintes !

M. Dick haussa les épaules.

– Quoi qu'il en soit, marmonna-t-il en s'éloignant, je dois remonter à la grotte maintenant. Au revoir...

L'aînée des K se mit à tortiller le bout de son nez avec une vigueur et une fréquence à la mesure de son trouble.

– Je me demande qui peuvent être ces deux skieurs... et pourquoi ils s'intéressent à cet animal.

De grands cris joyeux interrompirent ses réflexions.

– Ohé, Lise, Axel ! appela Cindy. C'est chouette de vous rencontrer là ! Vous montez aussi ? Venez avec nous, nous vous montrerons des pistes géniales !

Jim surgit derrière elle. Le frère et la sœur étaient si élégants qu'ils semblaient sortir d'une revue de mode.

Lise les interrogea à brûle-pourpoint :

– Avez-vous déjà entendu parler de putois noirs à poil long ?

Axel lui jeta un coup d'œil surpris. Pourquoi leur révélait-elle le secret du professeur ? Quelle idée avait-elle derrière la tête ?

Jim et Cindy parurent aussi stupéfaits que si elle parlait d'un loup-garou.

Lise les entraîna un peu à l'écart et leur résuma à mi-voix ce qui leur était arrivé les deux derniers jours.

– C'est vraiment incroyable ! s'exclama la jeune fille, consternée. Votre amie Pauline a été attaquée par l'une de ces bêtes et elle est tombée malade tout de suite après, n'est-ce pas ? Il faut que nous avertissions daddy sans tarder. Ces animaux peuvent présenter un danger pour les clients de l'hôtel. Nous y allons de ce pas !

Lise faillit la retenir, puis pensa qu'elle avait raison. Elle les regarda partir en secouant la tête d'un drôle d'air, les lèvres pincées.

– Qu'y a-t-il ? demanda Axel.

– Je ne sais pas... Mais j'ai l'impression que cette affaire va plus loin que ce que l'on imagine. Cela ne me dit rien qui vaille. Les histoires de putois du professeur Dick sont invraisemblables. Il invente peut-être tout... mais pourquoi ?

Elle poussa un soupir agacé. Cette énigme ressemblait à un puzzle dont elle ne parvenait pas à emboîter les différentes pièces.

En tout cas Rödelstein était loin d'être une petite station paisible, un calme refuge pour têtes couronnées et milliardaires…

– Viens, Axel, allons voir ce qui se passe au *Palace*.

Attaques en série

Au chalet des Cerfs, la matinée s'était déroulée très calmement. Mathieu avait fait la lecture à Pauline, puis, comme elle s'était rendormie, le plus studieux des K s'était accordé une récréation... avec les jeux de l'ordinateur portable d'Axel.

Au bout de deux heures, le jeune garçon bouillait de rage et d'humiliation : il n'était pas encore parvenu à atteindre le niveau deux !

La mère de Lise, qui traversait la pièce, vint poser une main apaisante sur son épaule.

– Du calme ! observa-t-elle en souriant. Si tu t'énerves, tu vas perdre tous tes moyens !

Elle se dirigea vers l'escalier avec un bol de bouillon pour Pauline. Lorsqu'elle redescendit quelques minutes plus tard, le visage défait, Mathieu comprit que leur camarade n'allait pas bien.

– La fièvre monte à nouveau, annonça-t-elle d'une voix angoissée. Elle a plus de trente-neuf ! Il faut absolument qu'un autre médecin l'examine.

Mathieu éteignit l'ordinateur.

– Mais comment ? Nous ne pouvons pas téléphoner !

– Il y a peut-être un docteur parmi les clients de l'hôtel !

Elle s'habilla sur-le-champ et sortit.

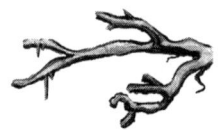

Frederik et Ludwig faisaient un point sur les différentes missions qu'ils avaient à accomplir pour le comte Zeppelin.

– Les deux médecins qui sont descendus au *Palace des Neiges* ne se réveilleront pas avant deux jours, dit Ludwig. J'ai glissé un puissant narcotique dans les boissons qu'ils ont prises au bar hier soir.

Avec un petit rire ravi, son frère déclara :

– Moi, j'ai mis hors d'usage les émetteurs des employés du télésiège et des pisteurs. Et comme le réseau ne couvre pas la région, aucun téléphone mobile ne fonctionne…

Ludwig sourit jusqu'aux oreilles.

– Il n'y a plus de contact possible avec le monde extérieur !

– Et si la route est dégagée plus vite que prévu ? s'inquiéta Frederik.

– J'ai caché deux autres charges de dynamite dans la neige, répondit l'aîné. De quoi provoquer encore deux avalanches superbes !

– Alors tout est prêt. Il ne nous reste plus qu'à lâcher la bête, conclut Frederik en désignant le sac agité de soubresauts qui gisait à leurs pieds.

– N'oublie pas de mettre des gants, petit frère ! Nous sommes immunisés, mais on ne sait jamais…

Une fois de plus, M. et Mme Lenis s'étaient disputés. Le milliardaire texan ne s'était pas montré assez prévenant avec sa femme et, furieuse, elle avait quitté leur suite en claquant la porte.

Elle s'élançait en fulminant dans le couloir, décidée à se rendre au bar, quand elle se trouva soudain face à une horrible bête noire. Elle sursauta, apeurée, tandis que l'animal, soufflant comme un diable, se jetait sur elle et lacérait sa main.

Mme Lenis poussa un cri de douleur qui fit détaler son agresseur, son étonnante queue lisse dressée comme un cierge.

Peu après, des hurlements retentirent dans le hall de l'hôtel : la bête venait de bondir sur l'épaule d'un homme et de le mordre à l'oreille avant de redescendre le long de son dos et de s'enfuir à toute allure.

Cindy et Jim se trouvaient dans le bureau de leur père.

– Ces animaux sont peut-être dangereux, conclut la jeune fille. S'ils sont lâchés dans la nature, cela peut provoquer des incidents...

Tandis que M. Landau la dévisageait d'un air incrédule, son assistante pénétra en trombe dans la pièce.

– Monsieur, venez vite ! Une bête enragée s'est introduite dans l'hôtel ! Elle a déjà attaqué et blessé quatre clients !

– C'est un putois à poil long ! s'écria Cindy.

– Il faut capturer cet animal immédiatement ! ordonna son père en se précipitant dans le couloir.

Sa fille s'élança sur ses talons. Elle vit surgir face à elle une boule de poils noirs hérissée de griffes ; des dents acérées brillaient dans une gueule grande ouverte.

L'animal déchaîné bondit sur elle, et elle sentit ses griffes se planter dans sa jambe à travers sa combinaison de ski.

– Attrapez ce fauve ! Vite ! hurla le directeur.

Mais la bête détala à grands bonds puissants.

Le terrible chantage

En arrivant au *Palace des Neiges*, Lise et Axel croisèrent Mme Schroll qui leur expliqua rapidement la situation.

Une pagaille monstre régnait dans l'hôtel. Les portiers et les employés du palace couraient dans tous les sens, essayant en vain de rattraper l'animal tandis que les clients tentaient de se cacher.

Quand Lise vit le putois faire irruption dans le hall et s'arrêter un instant pour lancer un sifflement rageur, les oreilles basses, les yeux semblables à deux fentes meurtrières et la queue remuant dangereusement, elle saisit sa mère et Axel par le bras et les tira derrière le comptoir en criant :

– Baissez-vous !

Le diable noir prit son élan, traversa les airs comme une fusée et atterrit juste au-dessus d'eux. Ses pattes griffèrent la surface lisse du comptoir, il ouvrit une gueule menaçante puis il pirouetta sur lui-même.

Lise distinguait sa queue répugnante qui frappait vigoureusement le bois, annonçant une nouvelle agression. Alors, rassemblant tout son courage, elle se dressa et, en un éclair, empoigna l'animal par le cou.

Il se mit à cracher et à battre l'air de ses griffes, tentant de mordre la main qui le tenait mais Lise ne lâcha pas prise.

– Un sac ou une couverture, vite ! supplia-t-elle.

– Mettez-le là ! cria l'hôtesse en ouvrant la porte d'un local situé près de l'accueil.

L'adolescente propulsa l'animal à l'intérieur de la petite pièce, tandis qu'Axel en refermait rapidement la porte.

– Il est prisonnier ! annonça Lise, hors d'haleine.

Les clients de l'hôtel, qui s'étaient réfugiés derrière les fauteuils, se relevèrent et applaudirent la jeune héroïne qui avait mis fin à leur cauchemar. M. Landau vint lui serrer la main et la remercia chaleureusement.

Mme Schroll félicita sa fille tout en lui reprochant d'avoir pris des risques inconsidérés. Puis elle se tourna vers l'hôtesse.

– Savez-vous s'il y a des médecins parmi les clients ?

– Il y en a deux, mais ils sont malades l'un et l'autre. Ils ont donné l'ordre de ne les déranger sous aucun prétexte ; la femme de chambre n'a même pas le droit d'entrer pour faire le ménage.

– Comment est-ce possible ? s'exclama le directeur. Je vous en prie, essayez de savoir sur-le-champ ce qu'ils ont !

– La malchance nous poursuit ! gémit la mère de Lise. Je retourne tout de suite au chalet, voir comment va Pauline. J'espère que ton père pourra faire quelque chose à son retour… Par bonheur il ne devrait pas tarder à rentrer, il est déjà plus d'une heure.

Lise et Axel promirent de la rejoindre rapidement.

M. Landau tenta de rassurer ses clients, puis gagna son bureau, inquiet. Ces événements risquaient de nuire à la réputation de son établissement.

C'est alors qu'il remarqua la feuille de papier posée sur son bureau.

Toute personne griffée ou mordue par cet animal sera atteinte d'une forte fièvre dans les vingt-quatre heures.
Un nouvel accès se déclarera moins de dix-huit heures plus tard.
Si l'antidote n'est pas administré, le troisième accès, qui surviendra au cours des douze heures suivantes, sera fatal.
Pour éviter cette catastrophe, il vous faudra déposer la somme d'un million de dollars...

Si cet avertissement était fondé, plusieurs personnes étaient en danger de mort.

M. Landau saisit son téléphone pour joindre la police. Il le reposa aussitôt en se rappelant que les lignes étaient coupées.

Et Rödelstein ne possédait pas même un commissariat ! Le village n'avait jamais eu à déplorer le moindre incident.

Soudain la fureur le gagna. Il abattit son poing sur la table. Non ! Il ne se laisserait pas intimider !

S'il avait su ce qui se passait à cet instant dans l'hôtel, sans doute aurait-il été moins sûr de lui.

Mystérieusement, le bruit avait couru que d'autres animaux enragés rôdaient dans les parages. Une nouvelle vague de panique submergeait les clients qui s'étaient enfermés dans leurs chambres.

Peu après, un employé avertit le directeur que l'hôtesse le réclamait d'urgence à l'accueil. Il s'y rendit aussitôt et la découvrit face au tableau d'affichage, tremblant de tous ses membres. Sans un mot, elle désigna un message rédigé en lettres fluorescentes :

Attention !
Toute personne mordue
ou griffée par la bête
est en danger de mort !

M. Landau arracha la feuille, livide.

– Est-ce que quelqu'un a vu ça ? demanda-t-il.

– Non, je ne crois pas, répondit la jeune femme dans un souffle.

– Bien. Surtout pas un mot à nos clients, ordonna le directeur. Vous m'entendez ?

Sur ce, il regagna son bureau à grands pas. Son assistante s'y trouvait, tentant de répondre aux demandes qui ne cessaient d'affluer de toutes parts : les clients réclamaient des mesures d'urgence, les blessés exigeaient de voir un médecin.

Apparemment, quelqu'un avait lu le message épinglé au tableau d'affichage... et avait répandu la nouvelle dans l'hôtel.

Danger de mort

Quand Lise et Axel avaient eu vent de la rumeur, ils avaient cherché Cindy mais ne l'avaient pas trouvée. Ils regagnaient le hall à l'instant où M. Landau, très pâle, relisait le terrible message.

Aussitôt, ils se réfugièrent dans le couloir pour ne pas le croiser.

– Si c'est vrai, Pauline risque de mourir demain ! s'exclama Lise.

Axel, malgré la peur qui lui nouait le ventre, essayait de garder son calme et de réfléchir.

– Cette histoire de putois m'intrigue. La grotte est ouverte aux visiteurs depuis des années et personne ne les a jamais vus !

Sa camarade se ressaisit.

– Tu te souviens de ce que Pauline nous a raconté, hier matin ? Elle a entendu Thomas faire jurer à son père de ne rien nous dire ! Il sait donc quelque chose, lui aussi…

– Oui. Il faut découvrir le secret du vieil Engelbert. Allons lui parler !

Comme ils s'apprêtaient à regagner le hall, Cindy apparut dans le couloir. Elle sanglotait. Jim, un bras sur ses épaules, essayait de la calmer.

– Ne t'inquiète pas. Tout va s'arranger. Je suis sûr qu'il s'agit d'une mauvaise plaisanterie.

– Qu'y a-t-il ? demanda Lise.

– Le putois m'a griffée ! s'écria la jeune fille. Or les gens qu'il blesse tombent gravement malades, comme votre amie ! Et pour couronner le tout, daddy est victime d'un chantage !

– Un chantage ? s'exclamèrent les K d'une seule voix.

Ils se regardèrent, médusés : cela expliquait bien des choses ! Cette histoire de bête préhistorique enragée n'était donc pas arrivée par hasard !

– Le pire, c'est que nous sommes complètement coupés du monde extérieur, ajouta Jim.

Les émetteurs radio du télésiège et des engins qui dament les pistes ont été détruits.

Lise secoua la tête.

– Tout a été prévu dans les moindres détails, dit-elle, jusqu'aux médecins présents qui ont été paralysés! Mathieu avait raison, hier soir: l'avalanche a sûrement été provoquée par une charge de dynamite! Cette affaire a été soigneusement préparée.

– Et c'est un endroit idéal pour un maître chanteur, reprit Axel en fronçant les sourcils.

– Mais de quelle manière le maître chanteur a-t-il pris contact avec votre père? demanda Lise à Jim.

– Les lettres de menace ont été déposées sur son bureau.

Lise et Axel eurent la même idée au même instant.

– Alors il se trouve dans le coin, à moins qu'il n'ait un complice sur place à l'hôtel.

Il aurait fallu réfléchir encore pour comprendre ce qui se passait, mais le temps pressait... surtout pour Pauline. Les K furent soudain envahis par un terrible sentiment d'impuissance.

– Nous ne nous laisserons pas abattre, déclara Lise. Le maître chanteur ne perd rien pour attendre. Il a mis en péril la vie de notre meilleure amie et de beaucoup d'autres gens. Nous ferons tout pour l'identifier.

Au chalet, Mathieu regardait tomber la neige à travers la fenêtre de la salle de séjour. Il retenait ses larmes en pensant à Pauline, dont l'état ne cessait d'empirer. Où étaient Lise et Axel ? Pourquoi ne rentraient-ils pas ?

M. et Mme Schroll étaient au chevet de la malade. Malgré tous les soins qu'elle lui avait prodigués, la mère de Lise n'était pas parvenue à faire tomber la fièvre.

Mathieu se sentait terriblement seul. Désemparé, il se mit à arpenter la pièce comme un lion en cage. Si seulement il pouvait s'occuper utilement !

Un début d'explication

Un vent de panique soufflait sur le *Palace des Neiges*. M. Landau était sans cesse pris à partie par ses clients, qui le menaçaient des pires représailles s'il ne faisait pas disparaître au plus tôt ces dangereux animaux, s'il ne trouvait pas un médecin sur-le-champ et s'il ne leur assurait pas une totale sécurité.

Le directeur s'efforçait de minimiser l'affaire, expliquant qu'il ne s'agissait que d'un chat sauvage et que tout le reste n'était que pure invention.

Cindy, Lise et Axel tentèrent en vain de le convaincre que la situation était grave.

– Pauline est malade depuis deux jours et j'ai été griffée moi aussi ! insista Cindy.

Son père la rabroua vertement :

– Tais-toi ! Si nos clients entendent tes bêtises, c'est la ruine assurée ! Je ne verserai pas un sou à cet escroc.

La jeune fille éclata en sanglots.

– Comment peux-tu te montrer aussi insensible, daddy ? Il n'y a donc que l'argent qui compte pour toi ?

Axel et Lise soutinrent Cindy, assurant le directeur qu'elle n'exagérait pas les dangers courus par les blessés.

M. Landau entra alors dans une colère noire.

– C'est moi qui commande ici, compris ? Je sais ce que j'ai à faire, et je vous engage à vous mêler de ce qui vous regarde !

Sur ces mots, il tourna les talons et s'éloigna d'un pas nerveux.

– Ta mère ne peut pas le ramener à la raison ? demanda Axel à Cindy.

Les larmes de la jeune fille redoublèrent.

– Il y a longtemps qu'elle ne vit plus avec nous ! Elle est partie parce qu'elle ne pouvait plus supporter la rapacité de mon père, lança-t-elle avant de s'enfuir en courant.

Lise et Axel échangèrent un regard consterné. Le directeur allait-il laisser mourir ses clients plutôt que d'accepter les conditions du maître chanteur ? Des vies étaient en jeu ! Mais son orgueil l'aveuglait.

– Ce chantage doit porter sur une somme énorme, pour que l'escroc ait mis en place un dispositif aussi perfectionné... réfléchit Lise à voix haute. Mais même en admettant que la rançon soit payée, comment sauvera-t-on les gens qui ont été attaqués par cet animal ?

– Il doit y avoir un antidote à effet immédiat, répondit Axel. Et à mon avis, M. Landau ne devrait pas tarder à recevoir un message détaillant les exigences financières. Je vais aller me cacher dans son bureau. Peut-être que je pourrai prendre le maître chanteur sur le fait !

Lise acquiesça.

– Et moi, je fonce chez le professeur Dick. Il faudra bien qu'il me dise la vérité !

– Sois prudente, se récria son camarade. Évite les mauvaises rencontres et en particulier les putois.

– Ne t'inquiète pas, j'ai une idée.

Un moment plus tard, Axel se faufila dans le bureau désert de M. Landau. Il jeta un coup d'œil autour de lui.

Il n'y avait pas d'armoire où se réfugier ni de rideaux derrière lesquels se cacher. La seule solution était de se glisser sous un haut canapé en velours capitonné.

Il y régnait une chaleur atroce à cause d'un radiateur tout proche et si les franges qui garnissaient le bas du sofa avaient le mérite de dissimuler Axel, elles l'empêchaient malheureusement de voir la pièce. En les écartant prudemment, il pourrait apercevoir les pieds des gens qui entreraient dans le bureau. « Ce sera toujours mieux que rien », se dit-il, résolu à prendre son mal en patience.

Peu après, vaincu par la fatigue, la chaleur et son immobilité forcée, il s'assoupit.

De son côté, Lise était allée demander à Jim de lui prêter une tenue de hockey sur glace qu'elle avait aperçue dans la salle de remise en forme privée des Landau. Quand le jeune homme apprit pourquoi elle tenait à s'affubler ainsi, il reconnut que l'idée était bonne.

– Comme ça, tu ne risques pas d'être mordue !

Casquée, rembourrée et protégée, l'aînée des K quitta l'hôtel et se dirigea vers la maison des Dick, non sans jeter des regards inquiets à la ronde.

118

Lorsqu'elle frappa à la porte, Thomas cria :

— Un moment, j'arrive !

Au bout de quelques minutes, il ouvrit et recula d'un pas devant l'étrange apparition qui se tenait devant lui.

— C'est moi, Lise, déclara l'adolescente.

Elle ne savait pas très bien quelle attitude adopter avec le moniteur. Elle nourrissait de sérieux soupçons à son égard, mais devait-elle le lui faire sentir ou non ? Finalement, elle choisit la prudence. Elle était seule, et si elle l'attaquait ouvertement, cela risquait d'être dangereux.

— Que... fais-tu là ? Que... que veux-tu ? balbutia Thomas.

— J'aimerais parler à votre père.

— Il n'est pas rentré. Pourquoi souhaites-tu lui parler ? demanda-t-il, méfiant.

— Il est encore dans la grotte, je suppose ?

Thomas sursauta comme si elle lui avait jeté un seau d'eau glacée à la figure.

— Oui. Il m'a laissé un mot pour m'avertir qu'il ne reviendrait qu'à la tombée de la nuit.

— Cela vous préoccupe ? demanda Lise.

— Eh bien... mon père est étrange depuis quelque temps...

Le moniteur laissa sa phrase en suspens.

— Que se passe-t-il ? insista l'adolescente.

Thomas lui jeta un coup d'œil hésitant, puis avoua :

– Je l'ignore. Il ne me parle plus, son comportement a changé. Je suis très inquiet à son sujet.

Soudain, le fils du professeur Dick parut moins antipathique à Lise. Il semblait las et découragé.

L'aînée des K le remercia avant de s'en aller. Ou bien cet homme était un comédien remarquable, ou bien son père lui causait réellement du souci...

Si le vieil homme n'avait plus toute sa tête, peut-être avait-il inventé de toutes pièces cette histoire de bêtes préhistoriques... Brusquement, une illumination la frappa.

« Mais oui ! pensa-t-elle. C'est ça ! Je parie que l'homme qui nous a suivis dans la grotte, l'autre jour, a entendu les élucubrations du professeur, ce qui lui a donné l'idée d'utiliser cette histoire pour nous effrayer. Et il a semé la confusion dans l'esprit de M. Dick. Cela expliquerait qu'il soit sens dessus dessous, depuis quelques jours... »

Cette hypothèse confirmait aussi les soupçons de l'adolescente, à savoir que les putois préhistoriques n'existaient pas et que le redoutable animal ayant semé la terreur à l'hôtel n'était qu'un gros chat auquel on avait rasé la queue, et que l'on avait rendu incroyablement agressif.

– Je mettrais ma main à couper que le professeur connaît le maître chanteur, murmura Lise.

Et elle retourna chez les Dick.

– Quand votre père rentrera, affirma-t-elle à Thomas, dites-lui que nous savons tout et que nous devons lui parler le plus tôt possible.

Avant que le moniteur, ébahi, ait pu lui poser la moindre question, elle fit volte-face et s'éloigna. Il fallait absolument qu'elle communique ses déductions à Axel.

Qui est le maître chanteur ?

Axel rêvait qu'il ouvrait un énorme paquet-cadeau. Le papier doré bruissait entre ses doigts impatients. Enfin, il souleva le couvercle... et une horrible bête noire lui sauta au visage, les yeux luisants, la gueule ouverte. Quand les crocs de l'animal se plantèrent sauvagement dans son nez et ses griffes dans ses joues, il poussa un cri et se réveilla.

Il se rappela brusquement où il était et se figea, pris de panique. Quelqu'un l'avait-il entendu ?

Curieusement, le bruit de papier froissé reprit – mais cette fois il était bien réel. Le jeune garçon écarta prudemment les franges du canapé et aperçut une paire de chaussures de sport mode près du bureau. Une main farfouillait dans la corbeille à papier. Elle en retira une feuille froissée. L'inconnu parut la déplier pour la lire, puis il posa quelque chose sur la table et s'en alla.

Sa démarche boitillante retint l'attention d'Axel. Arrivé devant la porte, l'homme sembla hésiter un instant. Le sang du jeune détective se figea dans ses veines. À coup sûr, il s'agissait du maître chanteur.

Enfin, au bout de quelques secondes qui lui parurent interminables, il entendit l'homme sortir et refermer la porte.

Peu après, un sifflement discret s'éleva dans le couloir. Le signal de reconnaissance des K ! Lise est de retour, pensa Axel, soulagé. Peut-être avait-elle aperçu le maître chanteur !

Le cœur battant à se rompre, il se glissa hors de sa cachette, les membres engourdis. Comme il s'y attendait, un nouveau message était posé sur le bureau, écrit en lettres rouges. Axel le parcourut rapidement.

124

Si vous voulez éviter
la catastrophe annoncée,
vous devrez verser l'argent cette nuit.
Nous vous ferons parvenir
les instructions et le matériel
informatique nécessaires pour
effectuer un virement sur notre
compte. Après vérification,
vous recevrez l'antidote qui
permettra de guérir vos clients.

Axel courut rejoindre sa camarade qui l'attendait au détour du couloir.

– Tu as vu sortir quelqu'un ? demanda-t-il aussitôt.

– Non. Quand j'ai entendu des pas approcher, je me suis enfermée dans le placard à linge, répondit Lise. Tu l'as vu, toi ?

– Seulement ses chaussures... mais j'ai constaté qu'il boitait.

— Tu en es sûre ? questionna Lise à mi-voix. Le médecin qui est venu voir Pauline l'autre soir boitait aussi !

— Tu as raison, acquiesça Axel, tout pâle. Je comprends maintenant pourquoi il n'a pas voulu ôter son écharpe et son bonnet ! Bon sang… j'en ai froid dans le dos. Et je sais pourquoi il boite ! C'est l'homme qui nous espionnait dans la grotte, et qui est tombé en s'enfuyant. Il faut le retrouver. Il doit loger à l'hôtel.

— Mais comment faire ? On n'a jamais vu son visage !

— L'hôtesse voit passer tout le monde. Elle a dû le remarquer. Allons lui poser la question.

Les K bouillaient d'impatience. Ils tenaient enfin une piste sérieuse !

En se rendant à la réception, Axel expliqua à Lise le contenu du message.

— À mon avis, conclut-il, le maître chanteur doit disposer d'un téléphone cellulaire qui fonctionne par satellite ou d'un ordinateur sophistiqué. C'est sûrement le matériel informatique qu'il veut fournir à M. Landau pour que ce dernier donne à sa banque l'ordre d'effectuer le virement.

Lise hocha la tête, impressionnée.

— Je me demandais comment il s'y prendrait pour se faire remettre la rançon, je n'avais pas pensé à ça…

L'hôtesse fut tout d'abord surprise par la question des deux adolescents, puis elle déclara :

– Attendez... Oui, en effet, j'ai remarqué un client qui boite depuis deux ou trois jours. J'ai pensé qu'il avait fait une mauvaise chute à ski sur les pistes. Il s'agit de M. Nöll. Il est ici avec son frère. Donnez-moi quelques instants, s'il vous plaît.

Elle pianota rapidement le nom sur le clavier de son ordinateur.

– Voilà : Ludwig et Frederik Nöll. Ils occupent les chambres 123 et 124.

Axel et Lise échangèrent un coup d'œil ravi et la remercièrent vivement.

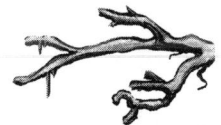

Les chambres des deux frères se trouvaient au premier étage, au bout d'un couloir, et voisinaient avec une petite buanderie qui pourrait servir de cachette aux K en cas de besoin. Pour l'instant, Axel ne semblait pas pressé. Il observait les tuyaux qui descendaient du plafond. Puis il saisit un chandelier en étain posé sur une console et une lueur espiègle s'alluma dans ses yeux.

– J'ai une idée ! souffla-t-il.

Il alluma la bougie et la maintint sous l'un des tuyaux.

– Qu'est-ce que tu fais ? demanda Lise, les sourcils froncés.

– Tu vas voir !

Le message compromettant

Une sonnerie retentit soudain à travers le *Palace des Neiges*. Puis une voix grésilla dans les haut-parleurs des couloirs : « Attention ! Danger d'incendie ! Veuillez quitter vos chambres immédiatement ! »

Lise et Axel se tapirent dans la buanderie tandis que les clients sortaient à la hâte des chambres et des suites.

– C'est lui ! souffla Axel, triomphant, lorsqu'il vit un jeune homme quitter la chambre 123. Je reconnais ses chaussures et son pantalon !

L'instant suivant, la porte de la chambre 124 s'ouvrit et un autre individu apparut.

– Il faut qu'on descende aussi, Ludwig! s'écria le premier.

– Calme-toi, répondit son frère. Ce n'est sûrement qu'une fausse alerte.

Ils se dirigèrent néanmoins vers l'escalier, l'un en boitant, l'autre d'une démarche souple et déliée. Lorsqu'ils eurent disparu, Lise demanda à Axel :

– Et maintenant?

– On va fouiller leurs chambres et essayer de trouver ce téléphone cellulaire. Si nous réussissons à mettre la main dessus, nous pourrons appeler les secours pour Pauline et les autres!

– Mais comment veux-tu entrer dans les chambres? Nous n'avons pas les clés!

Axel brandit fièrement une petite carte en plastique jaune.

– Avec les compliments du service de nettoyage! Ces portes sont équipées de serrures magnétiques. Je me suis arrangé pour subtiliser un passe.

La porte 124 s'ouvrit avec un déclic quand Axel glissa la carte dans la fente prévue à cet effet.

Un désordre indescriptible régnait dans la pièce. Le sol était jonché de vêtements froissés, de journaux et de magazines éparpillés près du lit.

– Cela ne ressemble pas à la chambre d'un maître chanteur organisé ! murmura Lise déçue.

– Il ne faut pas se fier aux apparences. Cherchons ce téléphone, vite ! dit Axel.

– À quoi ressemble-t-il, d'après toi ? demanda sa camarade.

– C'est sûrement un appareil assez lourd, que l'on transporte en général dans une mallette. J'ai vu un reportage là-dessus à la télé, un jour.

Mais ils eurent beau fouiller tous les placards et même la salle de bains, ils ne trouvèrent rien.

Soudain, des voix résonnèrent dans le couloir. Lise se précipita vers la porte entrebâillée et aperçut les deux frères qui revenaient.

Par bonheur, ils s'arrêtèrent un moment pour discuter.

– Ils arrivent ! souffla-t-elle, affolée. Qu'est-ce qu'on fait ?

– Mets la chaîne de sûreté, vite !

Lise obéit.

– Regarde ! coupa Axel qui s'était glissé sous la table. Un ordinateur portable et une imprimante couleur ! Il y a un message sur l'écran.

*Rendez-vous à 23 heures précises
dans le local à skis
près du départ du télésiège.
Pas un mot à quiconque !
Sinon, vous pouvez dire adieu
à l'antidote.*

Axel découvrit également un talkie-walkie qu'il décida d'emporter.

– Ôte la chaîne ! commanda-t-il à son amie. On file par la fenêtre !

Sitôt dit, sitôt fait. Ils se coulèrent sur le balcon et refermèrent la fenêtre de leur mieux avant de s'esquiver.

– Qu'est-ce qu'on fait maintenant ? interrogea Lise, inquiète.

– Il faudrait prévenir le directeur. Mais passons d'abord au chalet pour demander à ton père de nous accompagner. En plus, Mathieu doit s'impatienter et je voudrais savoir si Pauline va mieux.

Ils se hâtèrent dans les rues désertes.

L'état de Pauline s'était malheureusement aggravé. La fièvre ne tombait pas et la jeune malade ne cessait de se tourner et se retourner dans son lit avec des gémissements atroces.

– Papa, murmura Lise, est-ce que tu pourrais venir avec nous à l'hôtel ? Nous avons découvert quelque chose, mais je crains que M. Landau refuse de nous croire.

M. Schroll, que les initiatives des K contrariaient, accepta néanmoins ; il voulait tenter de limiter les risques encourus par ces jeunes écervelés.

Ils trouvèrent le directeur du *Palace* effondré sur son bureau, le visage d'un gris de cendre : Mme Lenis ressentait les premiers symptômes de la terrible fièvre. Il était obligé d'admettre que sa fille avait raison…

– Nous savons qui est le maître chanteur ! annonça Lise. En fait, ils sont deux.

Rapidement, les jeunes détectives lui relatèrent le résultat de leurs recherches et le contenu du prochain message.

Au lieu de les remercier, M. Landau bondit sur ses pieds, le regard noir.

– Vous ne pouviez pas m'avertir immédiatement ? Qu'est-ce que vous attendiez ? Que je sois dans une situation inextricable pour m'extorquer une récompense énorme ? Il faut arrêter ces escrocs immédiatement !

– Non ! cria Lise tandis qu'il se ruait à l'extérieur. Attendez ! Il faut les prendre sur le fait, sans quoi nous ne pourrons rien prouver !

S.O.S.

Le directeur gravit quatre à quatre l'escalier qui montait au premier étage et se mit à tambouriner aux portes des frères Nöll.

– Soyez prudent, monsieur Landau ! lui conseilla à mi-voix le père de Lise, qui l'avait suivi. Ces hommes sont sûrement armés !

N'obtenant pas de réponse, M. Landau tira son passe de sa poche et ouvrit la porte de Ludwig. Une bouffée d'air glacé leur sauta au visage : la fenêtre était grande ouverte, la chambre vide. Même chose dans la chambre de Frederik.

– Tant mieux ! déclara le directeur en se frottant les mains. Au moins, je n'aurai pas à payer la rançon !

La moutarde monta au nez de Lise, qui planta ses poings sur ses hanches.

– Vous ne pensez donc qu'à vous et à votre argent ? s'indigna-t-elle. Nous, nous avons une amie qui risque de mourir demain, si personne ne parvient à la soigner ! Et vos clients seront bientôt aussi malades qu'elle, sans parler de Cindy !

M. Landau haussa les épaules.

– Je suis sûr que ce n'est pas grave à ce point ; c'était un moyen de pression pour me faire payer, voilà tout.

Lise faillit exploser, mais son père la retint.

– Calme-toi, murmura-t-il. De toute manière, ça ne servira à rien.

– Les frères Nöll ne peuvent pas être loin, affirma Axel. Ils sont bloqués ici comme tout le monde, ils ont dû se cacher quelque part.

– Il faut les retrouver rapidement pour avoir l'antidote ! s'écria Lise. Comment faire ?

– Attends, j'ai une idée.

Axel prit le talkie-walkie qu'il avait ramassé dans la chambre de Ludwig et l'alluma. Un sifflement ininterrompu retentit.

– Il ne fonctionne pas ? demanda Lise.

– Si, cela veut simplement dire qu'il n'y a personne en ligne pour l'instant.

– Est-ce qu'on peut s'en servir pour appeler des secours ?

Axel secoua la tête.

– Non, il n'est pas assez puissant. Mais nous pouvons entrer en contact avec le deuxième poste.

Lise soupira, soudain découragée.

– À quoi bon ? C'est sûrement l'autre frère qui l'a…

Elle avait sans doute raison ; Axel laissa quand même l'appareil allumé.

Le comte Zeppelin fulminait. Il venait d'apprendre que ses deux complices avaient été démasqués par ces maudits gamins qui fourraient leur nez partout. Il leur avait immédiatement ordonné par radio de déguerpir.

Il n'était cependant pas question qu'il laisse tomber l'affaire. Il touchait au but. Landau devait payer, et il le ferait certainement quand Cindy commencerait à avoir de la fièvre.

Subitement, il eut une idée. Ludwig avait avoué que son talkie-walkie avait disparu. Encore un coup des K ! Ils allaient sûrement le garder branché dans l'espoir de capter une conversation intéressante. Cela valait la peine de faire un essai…

Au chalet des Cerfs, Mme Schroll, serrant dans ses doigts la main brûlante de la jeune malade qui continuait à s'agiter et à gémir dans son délire, ne pouvait plus retenir ses larmes. Jamais ils ne réussiraient à la tirer de là ! Non seulement elle se reprochait amèrement d'avoir manqué à tous ses devoirs, en laissant les quatre adolescents skier sans surveillance, mais elle pensait à M. et Mme Mondy, qu'elle ne pouvait pas avertir. À moins d'un miracle, Pauline semblait perdue...

Mathieu essayait de se rendre utile du mieux qu'il pouvait pour lutter contre l'inquiétude. Il allait régulièrement rafraîchir les compresses qu'il maintenait sur le front de Pauline pour faire tomber la fièvre. Soudain, il eut une idée : et s'il bricolait la radio pour envoyer un S.O.S. ?

Axel, Lise et son père rongeaient leur frein dans le vestibule de l'hôtel où M. Landau les avait consignés en leur interdisant formellement de s'approcher de son bureau. Soucieux, Axel surveillait la batterie du talkie-walkie de Ludwig qui donnait des signes alarmants de faiblesse.

Soudain, un grésillement se produisit.

Tous trois se penchèrent vers le poste qu'ils avaient posé devant eux sur une table basse. Quelques mots brouillés leur parvinrent :

– … au sommet du télésiège… dans une heure au plus tard… l'appareil est ici… attention, pas de lumière qui pourrait attirer l'attention…

– C'est sûrement Frederik qui essaie de joindre son frère ! s'exclama Lise. Il n'y a pas un instant à perdre !

Les jeunes détectives s'élancèrent vers la sortie.

– Où allez-vous ? s'inquiéta M. Schroll.

Alors qu'il tentait de les rattraper, Thomas surgit devant lui, le visage décomposé.

– Qu'y a-t-il ? demanda le père de Lise. Je suis pressé, il faut absolument que je rejoigne ma fille. Axel et elle sont persuadés d'avoir découvert l'escroc qui a provoqué toutes ces catastrophes et ils sont capables de vouloir l'arrêter tout seuls !

– Justement… déclara son collègue d'une voix blanche. Je crois que je le connais aussi. Je viens d'apprendre que mon père a eu affaire à lui. C'est lui qui a monté cette mise en scène pour créer un vent de panique dans la station. Mais comme mon père a découvert son stratagème et menaçait de tout révéler, il l'a assommé et enfermé dans la grotte. Papa est resté prisonnier de longues heures mais il a réussi à s'évader. Je me demande par quel miracle il est vivant... Le maître chanteur s'est toujours montré masqué, heureusement mon père l'a reconnu grâce à une tache de naissance qu'il a sur une main.

    – Qui est-ce ? Vite ! cria M. Schroll.

    – Tu ne le croiras jamais...

Nouvelle nuit de cauchemar

Lise et son compagnon avaient soigneusement abaissé leur capuchon jusqu'aux yeux et
remonté leur écharpe pour se protéger du vent
glacial qui soufflait sans discontinuer sur la
station.

– Dire qu'on va passer dix minutes dans ce
froid polaire ! marmonna l'adolescente en claquant des dents.

Le soir, le télésiège fonctionnait au ralenti
pour permettre aux pisteurs de monter entre-
tenir le haut des pistes.

Ils rassemblèrent leur courage et se glissèrent sur un siège. Lise tendit le bras pour abaisser la sécurité, mais le mécanisme était bloqué par le givre.

Bientôt, ils flottèrent dans le noir complet. Les lumières du village avaient disparu, et le ciel couvert ne laissait voir ni lune ni étoiles. Ils surplombaient un ravin d'une cinquantaine de mètres quand le télésiège s'arrêta.

– Que se passe-t-il ? s'écria Lise, affolée.

Son compagnon haussa les épaules ; il n'en savait pas plus qu'elle.

Au bout de quelques minutes, l'évidence sauta à l'esprit de l'aînée des K : ils avaient été piégés ! Ils étaient immobilisés à un endroit d'où ils ne pouvaient songer à sauter. La nuit, la température descendait à moins vingt degrés. Exposés de plein fouet au vent glacial, ils mourraient gelés si personne ne venait à leur secours.

Dans le poste de commande du télésiège, une silhouette entièrement vêtue de noir se frottait les mains avec satisfaction. Le comte Zeppelin pouvait être content : il s'était enfin débarrassé de ces deux gamins qui lui empoisonnaient la vie. Maintenant, il allait s'occuper de ce grippe-sou de Landau et porter ses exigences à deux millions de dollars. Il savait de source sûre que le directeur du *Palace* disposait de cette somme. Après quoi, il l'aurait complètement ruiné et sa vengeance serait totale...

Le maître chanteur quitta la cabine et se dirigea vers une caisse métallique rangée contre le mur du local à skis. Elle contenait des gravillons que l'on répandait sur le sol quand les voies d'accès aux remonte-pentes étaient trop verglacées. La caisse était fermée par un cadenas, mais l'homme en possédait la clé. Il l'ouvrit et en tira une lourde mallette en aluminium.

À cet instant, il eut l'impression qu'on avait bougé derrière lui. Il se retourna vivement, revolver au poing, mais ne distingua rien. Ses nerfs devaient lui jouer des tours.

Alors, il se mit en route. Le coup violent qui le frappa au creux des genoux le prit totalement au dépourvu. Il trébucha et s'affala de tout son long. La mallette lui échappa, glissa sur le sol gelé en direction d'un torrent proche, rompant la glace dans un craquement sonore.

L'homme en noir poussa un cri. Il se releva tant bien que mal, mais un nouveau coup s'abattit sur sa main droite; la douleur, fulgurante, lui fit lâcher son revolver. L'arme suivit le même chemin que la mallette.

– Vous êtes pris! cria quelqu'un juste derrière lui, en lui tordant le bras droit dans le dos.

L'homme en noir n'essaya même pas de se dégager.

Stupéfait, il reconnut le fils du professeur Dick accompagné par le gamin dont il croyait s'être débarrassé.

Une demi-heure plus tôt, alors qu'ils couraient vers le télésiège, Axel et Lise avaient brusquement soupçonné que le message capté sur le talkie-walkie était un piège. Ils avaient fait demi-tour pour en parler à M. Schroll.

L'aînée des K avait fait honneur à sa réputation de « cerveau » de la bande : son père prendrait sa place, vêtu de sa combinaison et de son anorak, tandis qu'elle enfilerait les vêtements d'Axel. Dans le noir on ne distinguerait que deux silhouettes – une grande et mince, l'autre plus petite – et leurs ennemis, pensant à coup sûr avoir affaire aux deux jeunes détectives, se méfieraient moins.

M. Schroll avait donné son accord, car il voulait accompagner sa fille pour mieux la protéger.

Axel et Thomas, eux, resteraient en bas des pistes et guetteraient l'arrivée du maître chanteur.

– Il faut vite aller chercher Lise et son père !
Ils doivent être coincés quelque part ! déclara
Axel lorsqu'ils eurent enfermé l'homme en noir
à double tour dans un local à skis.

Thomas courut alerter un technicien capable
de remettre le télésiège en route.

Soudain, Axel entendit grésiller le talkie-
walkie qu'il portait à sa ceinture.

– Comte Zeppelin appelle agents un et deux !
Venez me délivrer de toute urgence : j'ai été
enfermé dans un local à skis situé près de la
cabine du télésiège.

L'adolescent sursauta. Que faire ? À lui seul,
il n'aurait aucune chance contre les deux
agents en question, manifestement les frères
Nöll. Il réfléchit un instant, puis alla se cacher
à proximité du local. À cet instant, un ronron-
nement sourd attira son attention. Il venait du
ciel et s'approchait du village. Un hélicoptère !
Si c'était une équipe de secours, ils étaient
sauvés !

Dernières émotions

Le lendemain, Lise, Axel et Mathieu étaient rassemblés autour du lit de Pauline, qui avait été transférée en hélicoptère à l'hôpital le plus proche.

La benjamine des K trônait comme une princesse entre ses draps immaculés, un sourire rayonnant sur les lèvres.

– Dites-moi tout! demanda-t-elle avec impatience. Et l'animal qui m'a griffée?

– C'était un chat sauvage, expliqua Lise, comme il y en a dans les montagnes. Ils sont particulièrement farouches, agressifs et résistants. Le maître chanteur s'en est procuré un à qui il a injecté un poison redoutable contre lequel il était immunisé ; on lui avait rasé la queue pour le reconnaître.

– Quelle horreur ! s'écria Pauline bouleversée. Et on pouvait mourir de ses morsures ?

– Non, le poison provoquait des accès de forte fièvre qui cessaient spontanément au bout de quelques jours. Mais on ne pouvait pas le deviner et tu paraissais de plus en plus mal en point. Heureusement que Mathieu est un génie de l'électronique et qu'il a réussi à bricoler une radio et à émettre un message... continua Lise en assénant une claque amicale à son ami qui avait pris un air modeste.

– Ses deux complices ont également été arrêtés, alors qu'ils s'enfuyaient dans la vallée au lieu de sauver leur patron, ajouta Mathieu d'un ton solennel. Ils sont en prison.

– Attendez... je m'embrouille un peu, protesta Pauline. Vous ne m'avez toujours pas dit qui était ce « patron », le maître chanteur !

Ses amis échangèrent un regard embarrassé. Eux-mêmes ne parvenaient pas à y croire.

– C'était Jim Landau, le fils du directeur de l'hôtel, répondit Lise. Il n'a jamais pardonné à son père le départ de sa mère et s'était juré de provoquer sa ruine.

– Le *Palace des Neiges* est pratiquement vide, compléta Axel. La plupart des clients sont partis dès que la route a été rouverte. M. Landau va vendre l'hôtel et s'occuper enfin de sa fille.

Pauline était abasourdie par tout ce qui s'était passé pendant qu'elle était malade, mais elle avait encore une question :

– Les putois préhistoriques existent-ils, oui ou non ?

– Non, répondit Mathieu en souriant. Le vieil Engelbert a fait fausse route, comme l'assuraient ses collègues. Il a pris ses désirs pour des réalités et inventé des traces d'animaux qu'il aurait rêvé de découvrir. Toutefois il a quand même trouvé dans la grotte des outils de l'Âge de bronze, et Rödelstein va devenir un site préhistorique de renom !

– Je ne pense pas que j'aurai très envie de le visiter, murmura Pauline.

– Tu seras obligée d'y retourner au moins une fois, annonça Lise. Pour inaugurer l'œuvre d'art édifiée à l'entrée en notre honneur.

Pauline se redressa, les yeux ronds.

– Une œuvre d'art ?

– Parfaitement. Une sculpture de glace qui nous représente ! Mais, pour y aller, il faudra que tu rechausses tes skis.

Pauline éclata de rire en songeant qu'elle était prête à tout pour être avec ses amis. Même à refaire du ski !

L'AUTEUR

Thomas Brezina est né en 1963 à Vienne, en Autriche. Il est devenu en quelques années l'auteur le plus connu des jeunes lecteurs autrichiens. Sa notoriété a vite dépassé les frontières de son pays puisque ses livres ont été traduits en plus de dix langues, totalisant plusieurs dizaines de millions d'exemplaires vendus.

DANS LA MÊME COLLECTION

Retrouvez tous les titres de la collection *Heure noire*

sur le site **www.rageotediteur.fr**

Achevé d'imprimer en France en septembre 2004
sur les presses de l'imprimerie Hérissey
Dépôt légal : septembre 2004
N° d'édition : 4078
N° d'impression : 97605